빠라끌리또
paráclito

빠라끌리또 ㅁ

가프 장편 소설

초판 1쇄 찍은 날 § 2016년 5월 31일
초판 1쇄 펴낸 날 § 2016년 6월 7일

지은이 § 가프
펴낸이 § 서경석

편집책임 § 조현우

펴낸곳 § 도서출판 청어람
등록번호 § 제387-1999-000006호
등록일자 § 1999. 5. 31
어람번호 § 제1-2445호

주소 § 경기도 부천시 원미구 부일로 483번길 40 서경B/D 3F (우) 14640
전화 § 032-656-4452 팩스 § 032-656-4453
http://www.chungeoram.com
E-mail § chungeorambook@daum.net

ⓒ 가프, 2015

ISBN 979-11-04-90827-9 04810
ISBN 979-11-04-90549-0 (세트)

paráclito

빠라끌리또

⑨ 가프 장편소설

도서출판
청어
람

paráclito

빠라끌리또

CONTENTS

1장
색령부

열세 명의 살인과 그 밖의 미수.

조서를 작성하는 수사관들은 경악을 금치 못했다. 그는 너무 당당하고 뻔뻔했다. 나이를 먹었어도 그랬다. 마치 무슨 무용담을 말하는 영웅 같았다. 실제로, 그는 자신을 영웅으로 생각하고 있었다. 마음만 먹으면, 누군가의 목숨을 멋대로 자를 수 있는 사람.

그러나!

그건 채병길의 비겁하고도 추악한 착각이었다.

열세 명!

시신이 나온 희생자들의 인상착의와 체구를 종합한 결과 놈은 비겁한 인간에 불과했다. 그건 피살자들의 체형이 말해 주고 있었다.

다들 왜소하고 작았다. 혹은 보통 키라고 해도 야윈 편에 속했다. 그건 곧 힘으로 제압하기 만만한 상대만을 표적으로 삼았다는 방증이었다.

살해 이유 따위는 없었다. 사이코패스다웠다. 속된 말로 꼴 리면 살인을 한 것이다. 어쨌든 자백은 순순히 했다. 그 또한 자신이 대범한 것으로 착각하고 있었다.

―신발장에 모셔둔 운동화!

―꽃집 천장을 가로지르는 줄!

―플라스틱 안전판이 떨어진 가위!

―니이기 뒷주머니에 꽂힌 손수건!

모두 놈이 23년 전 범행 때 사용했던 물건이라고 했다.

"원래는 100명이 목표였어."

그는 아쉬운 듯 웃었다. 참 만정이 떨어지는 미소였다. 그걸 어떻게 사람의 웃음이라고 할 수 있을까? 단 한 명도 소중한 목숨이거늘 100명을 아무렇지도 않게 주억거리는 채병길. 결국 차도형이 서류판으로 머리통을 후려갈기고 말았다.

STOP!

그건 승우의 예측이 적중했다. 연약한 여자를 상대로 지배

자로서의 살인과 차량 스피드의 쾌락을 즐기던 채병길. 어느
날 교통사고로 척추에 문제가 생겼다. 거시기에 문제가 생겼
다.

"……!"

땡기지를 않았다. 병원에 누워 있던 그 긴 시간, 섹시한 간
호사의 뒤태를 봐도 무덤덤했고, 도색잡지를 구해다 넘겨도
반응이 오지 않았다.

전 같으면!

너는 49번째, 너는 63번째 하고 차례를 지정했을 채병길.
산해진미를 앞에 놓고도 맛을 느낄 수 없는 코맹맹이 환자처
럼 도무지 의욕이 서질 않았다.

실제로 그는 그 후로 딱 한 번 '시도'를 한 적이 있었다. 다
른 도시로 옮긴 후에 아담한 여대생을 태운 것이다. 창밖에는
비가 내렸다. 여대생은 미니스커트였다. 그걸 가리려 핸드백을
살포시 올려놓았지만, 전 같으면 그게 더 땡겼을 채병길. 몇
번이고 힐끔거려도 중심에 불이 들어오지 않았다.

"잘 가요!"

결국 그녀를 얌전히 내려주었다. 중후한 남자처럼.

끝났군.

횡단보도를 건너는 그녀의 앙증맞은 엉덩이를 보며 그는,
살인 행각에 임시 안녕을 고했다. 여자가 땡기지 않으니 그들

을 지배할 욕망도 사라졌고, 욕망이 사라지자 어떤 의욕도 생기지 않았다.

합리적으로 생각해 낸 게 훗날을 기약하는 것.

운동을 하고, 몸을 추스르면 혹시 재생이 될 수도 있었다. 그래서 여자들과 가까이할 수 있는 꽃집을 하며 딴에는 절치부심했던 것. 종국에는 그게 파국의 빌미가 되었지만…….

"송 검사!"

조사를 마친 채병길, 히죽거리며 승우를 불렀다. 아주 친한 사이처럼…….

"……?"

"수고했수다."

그가 손을 내밀었다. 황당했지만 잡아주었다.

"내가 빵에 들어가면 애들한테 교육 잘 시킬 테니 염려 마시오. 이런 검사가 있는데 함부로 깝죽거리면 안 되지."

주객전도였다. 분위기만 봐서는 누가 검사고 누가 범인인지 모를 지경이었다.

"수고!"

그는 쿨(?)하게 퇴장했다. 사이코패스만 아니라면 폼생폼사라고 보면 딱 맞을 인간이었다.

채병길을 처리하자 남은 건 노윤애였다.

〈환생 노윤애〉

말하자면 부모가 둘이 된 셈이었다.

몸의 부모는 노주일과 박현숙.

마음의 부모는 한국성과 이수정.

"당연히 저쪽 분들이 부모님입니다. 낳아 주시고 길러 주셨잖아요? 우리는 우리 딸의 기억을 만난 걸로 만족합니다."

한국성이 먼저 양보를 했다.

"아닙니다. 우리 딸인 건 분명하지만 전생의 끔찍한 마음고생을 생각하면… 더구나 우리와의 기억은 남지 않은 거 같으니 원래 부모님이……."

노주일도 양보를 해왔다.

역시 부모였다.

삐뚤어진 마음으로 천인공노할 범죄나 저지르는 채병길 따위와는 차원이 달랐다. 이렇게 되니 별수 없이 그녀의 선택을 기다리는 수밖에 없었다.

노윤애+한예진!

그녀는 박현숙 앞으로 다가섰다. 다음으로 이수정 앞으로 갔다. 그러더니 양손에 두 어머니의 손을 하나씩 잡았다.

"난 엄마가 둘이에요. 그러면 안 될까요?"

그 한마디에 두 엄마가 무너졌다. 솔로몬이 따로 없었던 것이다.

노윤애는 그렇게… 한예진과 한 몸이 되어 퇴장했다. 두 부모 사이에서 환한 미소를 지으며…….

"으아, 보기 좋은데요?"

창가에 선 승우에게 다가온 차도형이 과장을 떨었다.

"그렇지?"

"예, 그동안 아팠던 거… 저렇게라도 보상이 될 거 같습니다."

"저거 보면서 뭐 느끼는 거 없어?"

어느새 유 계장이 다가왔다.

"또 무슨 말씀을 하시려고……."

"빨리 애 낳아. 그게 다 국가에 충성하는 거라고."

"쳇, 유 계장님 노후 책임질 납세자 만들라는 거잖아요?"

차도형이 볼멘소리를 냈다.

"싫으면 가서 기자실이나 통제하든지."

"으악, 그 인간들 또 몰려올 시간이군요?"

차도형은 그길로 복도로 달려 나갔다.

"가시죠."

유 계장이 승우에게 말했다.

"회식 장소 잡았죠?"

"그럼요, 빨리 끝내시고 나가시죠. 마산 앞바다에서 건져 올린 국산 아귀찜이 모락모락 김이 나고 있을 겁니다."

유 계장이 웃었다.

꿀꺽!

푸짐한 아귀를 생각하며 승우, 기자회견장으로 힘찬 발걸음을 옮겼다. 열심히 일한 사람은 맛나게 먹을 자격이 있다.

초자연 심령 검사!

기자회견 후에 형용사가 늘었다.

"무속 전문 검사보다 좀 있어 보이는데요?"

아귀를 뜯으며 차도형이 웃었다.

"이러다 나중에는 절대지존 족집게 검사도 나오지 말입니다."

권오길도 한마디 보탰다.

"긴장해. 이번 이동 때 우리 방 노리는 직원들이 엄청나대."

유 계장이 슬쩍 긴장감을 끌어올렸다. 물론 전혀 없는 말은 아니었다.

검찰청!

이곳도 조직이다. 그러다 보니 이동을 한다. 조직의 활력을 위해서였다. 얼마 전까지만 해도 기피 대상 1호였던 승우의 검사실. 그사이에 천지가 개벽을 했다. 승승장구 실적을 올리며 미궁에 빠진 사건들을 해치워온 승우. 그 덕에 그 자신도 승진을 했고 수사관들 대우도 상한가를 치고 있었다.

더구나 이번 인사는 승진까지도 포함될 수 있는 일. 그러니

기대와 더불어 긴장하는 것도 당연했다.

"그러고 보니 차 수사관도 승진 짬 되잖아?"

승우가 고개를 돌렸다.

"에이, 승진은요, 언감생심……."

차도형이 고개를 저었다.

"뭐가 언감생심이야? 그럼 나 몰래 맨날 땡땡이 친 거야?"

"어, 그건 아닙니다. 저도 조뺑이 치도록 뛰었다고요."

"그럼 유 계장님이 책임지세요."

"네?"

이번에는 유 계장이 고개를 들었다.

"표창 없습니까? 공적조서 써서 저 주세요. 가만 앉아 있으면 챙겨줄 사람 없습니다."

"검사님……."

차도형의 목소리가 푹 내려갔다.

"뭐 그렇다고 김칫국 마실 필요는 없고……. 그저 최선을 다하자는 것뿐이야."

"아, 진짜… 저 승진 안 합니다."

차도형이 빼액 소리를 쳤다.

"왜?"

"승진하면 다른 방으로 갈 거 아닙니까? 이제 본격적으로 수사 맛 좀 보는데……. 그냥 승진 안 하고 여기 있으렵니다."

"그럼 승진하고 여기 있어."

승우가 상황을 정리했다. 승진을 하면 대개는 이동을 한다. 하지만 꼭 그러라는 법은 없었다.

오후에 승우는 조기호를 불렀다.

"으아, 썬배님이 웬일로······."

조기호는 반색을 하고 달려왔다.

"이번 승진에 얼마 썼냐?"

승우가 정곡을 찔렀다.

"아, 말씀을 하셔도······. 진짜······."

"알았어. 실력으로 한 걸로 칠 테니까 이거 최소한 국무총리 표창 하나 따내."

승우가 내민 건 차도형의 공적조서였다.

"이런 건 부서별로 배당 떨어지지 않습니까?"

조기호가 정색을 했다.

"긴말하게 만들래?"

"그럼······. 저랑 언제 한잔하시는 겁니까?"

"빠라끌리또만 안 끌어들이면······."

"뭐 정 원하신다면······."

"나 몰래 협찬도 안 돼."

"예······."

"퇴근 전에 확답 보내라."

"아… 우리 방 직원들도 못 챙겨주는 판에……."

조기호는 투덜거리며 조서를 집어 들었다.

"원래 중은 제 머리 못 깎는다잖아?"

승우는 조기호의 등을 밀었다.

결과는 두어 시간 후에 왔다. 이번 국무총리 표창에 차도형을 상신하기로 했다는 전갈이었다. 조기호라면 뭐 특별할 것도 없었다. 하지만 그건 그저 시동에 불과했다. 승우는 본격 오더를 날렸다.

"이번 직원들 승진 심사 누가 갑이냐?"

"그야… 이 차장님이……."

"너랑 친하지?"

"그럼요. 제 말이라면 좀 먹히죠."

"아까 그 공적조서 올린 직원 말이야 그쪽에도 이름 좀 올려라."

"예?"

"아, 기왕이면 우리 유 계장님도……."

"썬배님!"

"어이, 이 사람들 사실은 특진을 줘도 모자라는 사람들이야. 그러니 조 검사가 슬쩍 나서서 챙겨주면 낯나는 일이잖아? 안 그래?"

18 빠라끌리또

"아, 진짜……."

"매듭 못 지으면 재미없을 줄 알아."

승우는 통첩을 날리고 전화를 끊었다. 그동안 알게 모르게 승우 때문에 불이익을 받았던 수사관들. 이제 그 고통에서 벗어날 자격이 있었다.

걸레 씹은 얼굴을 하고 있겠지.

안 봐도 조기호의 얼굴을 알 수 있었다. 붉으락푸르락해진 얼굴로 씩씩거릴 것이다. 하지만 어쩌지는 못할 것이다. 그에게는 아직 승우가, 만만치 않은 존재이기 때문이었다.

퇴근 무렵, 채병길에게 희생당한 유가족 대표 둘이 승우를 찾아왔다.

"정말 고맙습니다. 아이가 이제는 눈을 감을 겁니다."

가장 어린 16살 소녀의 아버지가 눈시울을 붉혔다.

"저는 꿈에 어머니가 나타나서 이제 한이 풀렸다고 하시더니 이런 낭보가……."

이 말은 피해자의 아들로 장성한 남자의 입에서 나왔다. 그들은 한결같이 예지몽을 제공한 사람을 보고 싶다고 했다. 승우는 거절했다. 수사관들에게도 노윤애에 대해 침묵하도록 지시한 승우였던 것이다.

"저… 이거 수고하신 수사관들과 저녁이라도……."

대표자가 봉투 하나를 꺼내놓았다.

"이러시면 안 됩니다. 이건 그동안 마음 고생하신 유가족님
들끼리 차라도 마시세요."

"몇 푼 되지도 않습니다."

"그래도 안 됩니다. 너무 늦게 범인을 잡아 우리 조직 전체
가 송구한 마당에……."

"검사님……."

"저건 선생님이 사 오신 거죠?"

승우, 책상에 올려진 바까쑤를 보며 말문을 돌렸다.

"예……."

"저거 제가 좋아하는 겁니다. 이건 몇 병이라도 흔쾌히 마
셔드릴 테니 거두세요."

봉투는 다시 대표자의 주머니로 돌아갔다.

뻑!

뚜껑을 딴 승우는 단숨에 음료를 마셔 버렸다. 한 모금 분
량의 음료는 입에 착 감겼다. 한바탕 즐거운 실랑이 끝에 유
족들이 돌아갔다.

이 맛에 수사검사 하는 거지.

승우는 스스로를 격려하며 시계를 보았다. 퇴근시간이 가
까웠다. 검찰총장의 전화, 국회 소관위 위원장의 전화, 그리고
법무부 장관의 격려 전화까지 정신이 없는 하루였다.

'간만에 친구 놈들이라도 불러서 한잔 때려볼까?'

특별한 이슈가 없는 저녁, 즐거운 상상을 할 때 전화가 들어왔다. 유정하였다.

─혹시 연어 초밥 먹을 시간 있으세요?

"초밥요?"

─주방장 특선이라기에 시켰는데 양이 좀 많네요. 오시기 뭐하면 보내드릴 수도 있고요.

"……"

잠시 주저할 때 조기호가 건들거리며 들어섰다.

"썬배님, 오늘 시간 됩니까?"

"지금 가죠."

조기호를 의식한 승우가 보란 듯이 약속을 받아들였다.

"어, 선약입니까?"

"왜?"

"아, 한잔하시자니까……."

"미안, 오늘만 날이 아니잖아?"

"그럼 다음에는 꼭입니다."

조기호는 꼭에 강세를 두고 물러갔다.

피식, 웃음이 나왔다. 조기호와 유정하. 어떤 쪽이 놀기에 좋을까? 그야 물론 조기호였다. 이 쪽은 뒤끝이 없다. 요구 조건은 뭐든지 오케이다.

속된 말로 조기호, 유정하를 침대에 벗겨 놓으래도 해낼 위인이었다. 그런데 사람 마음이 참 그렇다. 왜 하필 그때 전화가 왔을까?

인연……

차로 향하면서 승우는 생각했다. 단 한 번의 만남에도 엄청난 의미가 있었다. 따져보면 헤아릴 수도 없는 시간이 만들어낸 만남. 너무 쌓여서 감도 오지 않는 단위인 겁……

일 겁! 이 겁! 삼 겁!

말은 쉽지만 들여다보면 아뜩하다. 한 겁이 일 년이던가? 백 년이던가? 셀 수도 없는 그 시공감……

'이 여자가 정말 내 여자가 될까?'

생각이 조금 앞으로 나갔다. 선배들의 말 때문이었다.

—내가 좋아하는 사람과는 결혼하지 못한다.

—결혼은 주로 느닷없는 사람과 하게 된다.

들을 때마다 비웃었던 그 말이 살갑게 다가왔다.

'너무 오래 여자를 멀리했군.'

차 키를 꺼낼 때, 돌연 툭 하고 핸드폰이 떨어졌다.

다행히 액정은 나가지 않았다. 찜찜한 마음에 폰을 집을 때였다. 문득 뒤통수에 송곳의 따가움이 느껴졌다.

영기인가?

파뜩 고개를 돌렸다. 현관 앞에는 하 부장과 장 부장이 퇴근 차 나오고 있었다. 그 외에는 지나가는 민원인들뿐.

신경과민은 아니겠지?

고개를 갸웃하며 차에 올랐다. 순간, 신방울까지 저절로 짤랑, 울었다. 신경을 곤두세우고 숨을 멈췄다. 이번에도 영기는 아니었다. 신방울을 보니 색깔의 변화는 없었다. 하지만 울린 것만은 분명했다.

'바람이 흔들었나?'

승우는 천천히 시동을 걸었다.

기분은… 썩 좋지 않았다.

*　　　*　　　*

연어 초밥……

이번에는 제대로 된 일식집이었다. 고급 어종만을 다루는 명품 초밥집답게 두 개 한 세트당 22,000원이라는 거금을 받고 있었다.

유정하가 주문한 연어는 두 접시. 12개 한 세트였으니 접시당 20만 원을 사뿐히 넘고 있었다.

"사케 한잔하실래요? 주방장님 추천인데……. 일본에서는 알아주는 명주라네요."

유정하의 손에는 작은 도자기가 들려 있었다.

사케는 승우도 좀 마셔봤다. 와인에 양주, 꼬냑과 중국 명주까지 섭렵하고 나니 남는 게 사케였다. 어떻게든 비싼 술을 접대하려던 빠라끌리또들. 심한 경우에는 병당 천만 원이 넘는 한정판 사케까지 공수해 왔던 터였다.

그런데… 그래봤자 술이었다. 먹고 취하기는 마찬가지…….

"유정하 씨 혼자 마셔도 될 양인데요?"

승우가 말했다.

"싫음 말고요."

그녀는 두 번 묻지 않았다. 진심으로 자신감이 하늘을 찌르는 여자였다. 오늘 입은 옷만 해도 그렇다. 아래위로 검은 바지정장이다. 그렇게 가리면서 가슴은 또 푹 파놓았다. 가리는 듯 시선을 모으려는 전략 같았다.

그럼에도 이 여자는 저렴해 보이지 않았다. 사랑에 빠진 것도 아닌데, 뭘 해도 용서가 되는 것이다.

스타일이 되니까!

승우는 피식 웃어버렸다.

"한 잔 주세요!"

그녀에게 잔을 내밀었다. 큰 사건이 마무리되는 날은 술이 땡기기 때문이었다.

꼴꼴!

사케가 잔을 채웠다.

꼴꼴!

승우도 그녀 잔을 채워주었다.

"왜 불렀는지 모르시죠?"

술잔을 비워낸 그녀, 빈 잔을 어루만지며 물었다.

"초밥이 남는다면서요?"

승우는 변죽으로 말을 받아냈다.

"가만 생각하니 기분 나쁘더라고요."

그러자 옆길로 새며 승우의 전열을 무너뜨리는 유정하.

"왜죠?"

"아직도 나를 스폰서나 구하러 다니는 연예인 지망생으로 보시나 싶어서……."

"내 머릿속 보여드려요?"

"됐어요."

"그런 거 염두에 둘 사람도 아닌 거 같은데요?"

그건, 솔직한 심정이었다.

"칭찬인가요? 염장인가요?"

"전자!"

승우가 또 잔을 내밀었다.

"그렇다면 거짓말이군요. 칭찬이라면 나에 대해 이렇게 무관심할 수 없잖아요."

"그럼 어떻게 해야 하죠?"

잔을 받아든 승우가 고개를 들었다.

"여자는 말이죠, 너무 껄떡거리는 남자도 꼴불견이지만 너무 무관심한 사람도 꼴불견이거든요."

"연예인처럼 말이군요?"

"연예인요?"

"연예인들 공항에 나가면 그런다더군요. 너무 시선을 주면 귀찮고 아무도 안 쳐다보면 오히려 기분이 더 나빠지고……."

"비슷하네요."

유정하가 웃었다.

다시 잔이 채워졌다. 가식 없는 대화를 주고받다 보니 금세 술 두 병이 비어 나갔다. 문제는 이 사케가 청하처럼 13—14도가 아니라는 사실. 사케는 빚는 쌀의 종류만큼이나 도수도 천차만별. 어떤 건 40도가 넘는 것도 있었다.

"어나더 라운드?"

병이 비자 유정하가 물었다. 이미 계산까지 마친 모양이었다.

"그러죠."

자그마치 대한민국 남자 체면이다. 1차를 얻어마셨다. 한국 남자의 기준으로 보면 2차는 당연히 승우의 몫이었다.

"뭐 드실지 말씀만 하시죠."

밖으로 나온 승우가 의향을 물었다. 그녀가 가리킨 곳은 멀지않은 막회집이었다.

"저기요?"

"안 돼요?"

"그건 아니지만⋯⋯."

"하긴 남자들은 차가 올라갈수록 뿅 가는 데로 간다죠?"

"예?"

"전에 저 지도하던 디자이너 선생님이 그러더라고요. 1차는
소주나 맥주, 2차는 양주, 3차는 포주⋯⋯."

포주?

"정말 내숭은⋯ 그런데 가보지는 않았어도 말은 들었을 거
아니에요?"

"⋯⋯."

승우, 내숭이 아니라 내상을 입었다. 이 여자의 거침없음은
승우의 상상까지도 멋대로 휘젓고 다녔다.

"여자들은요, 취하면 평소에 안 하던 걸 도전해 보고 싶다
고요. 막회집⋯ 대체 어떤 게 막회인지 궁금했거든요."

그러니 들어가시죠.

그녀의 눈이 재촉했다.

"그러죠. 나야 뭐 손해날 것도 없고⋯⋯."

승우가 막회집 문을 열었다.

술은 소주가 당첨되었다. 선택권자는 유정하였다. 그녀는,

숭어와 광어 세꼬시 등을 깻잎 위에 척척 올렸다.

"생각보다 괜찮은데요?"

볼이 미어지면서도 할 말은 다 하는 그녀…… 술맛이 난다고 넙죽넙죽 잔을 비워대는 통에 세 병이나 비어나갔다.

"아, 이상하게 술이 안 취하네."

어둠이 내린 밖으로 나온 유정하가 두 팔을 쭉 벌렸다. 정말, 멀쩡해 보였다. 그녀의 말대로 술 받는 날인가? 아니면 상상초월 주당인 건가? 술이 오른 승우는 고개를 저었다. 그러다 화장실을 다녀온 그녀가 덥석 승우의 손을 잡았다.

"송 검사님!"

"예?"

"기분 업 되었죠?"

"예……"

"그럼 어때요?"

그녀가 긴 머리를 쓸어 넘기며 물었다. 슬쩍 드러난 귀밑머리. 섹시하다. 승우의 남성을 자극하기에는 충분하고도 남았다.

짤랑!

순간 아련하게 신방울이 울렸다.

"뭐죠?"

그녀가 물었다.

"아무것도……."

대충 넘겼지만 느낌이 상쾌하지는 않았다. 다른 날과 달리 부조화인 것만 같은 유정하. 그리고 다시 울리지 않는 신방울. 그러니 이런 순간에 쪼잔하게 영기 따위나 확인할 수는 없었다.

"나 여자로서 괜찮은 편이죠?"

"그야 물론……."

"당연히 순결지상주의자 아니시겠죠?"

"그것도 물론……."

"그럼 따라오세요."

그녀가 승우를 끌었다. 얼떨결에 끌려간 승우는 화려한 외관의 모텔 앞에 섰다. 휘황한 네온사인 때문에 무슨 클럽인 줄 알았던 승우, 길게 드리워진 사생활 보호 커튼을 보자 정신이 번쩍 들었다.

"모텔?"

많이 놀랐는지 말까지 헛나왔다.

"그냥 한번 쿨하게 엔조이하자고요. 서로 안 맞으면 다시 껄떡거리지 않을 테니……."

유정하는 승우를 무인 카운터로 밀었다. 그 앞에 서서 유정하를 돌아보는 승우. 그녀의 얼굴이 닿을 듯 다가와 빨리라는 말 대신 입김을 밀어냈다.

지척에서 뿜어지는 여자의 입김. 그리고 그녀의 향수 냄새…… 술이 오른 승우에게는 치명적인 유혹이나 다름없었다.

둘은 청춘남녀!

까짓 섹스 한 번 못 할 이유가 없었다. 더구나 유정하는 침대 한 번 같은 걸 썼다고 해서 물고 늘어질 성격도 아닌 것 같았다.

에라!

승우는 5만 원짜리 현금을 투입구에 밀어 넣었다.

"컴온!"

역시, 그녀는 화끈했다. 겉옷을 벗어던지더니 요염하게 침대에 앉아 승우를 불렀다. 모텔은 로맨틱한 분위기를 내려는지 우아한 촛불까지 준비되어 있었다.

나른한 촛불 아래 드러난 유정하의 고혹적인 몸매. 오랜만에 펼쳐지는 끌리는 상황이었다.

그러나 이런 경험은 한 번도 없었던 승우. 예전이라면, 승우가 왕이고 여자들은 시녀에 불과했다. 승우의 기분을 맞추는 시녀들. 그런데 지금은 정반대가 아닌가?

불끈!

남자의 중심이 재촉을 했다. 빨리 짝을 만나게 해달라고.

에라!

승우도 옷을 벗어던졌다. 그러다 옷소매가 오른손에 걸렸다.

'민민!'

아뿔싸!

그제야 민민이 떠올랐다. 손목에서 곤히 잠든 민민……. 오늘만은 같은 침대에서 잘 수가 없었다.

"민민……."

승우는 소파가 펼쳐진 창가로 다가섰다.

"아저씨……."

민민이 눈을 비비며 대답했다.

"미안하지만 차에 좀 가 있을래?"

"왜요?"

"그게… 내가 술 냄새가 나서 말이지……."

승우는 몸으로 유정하의 노출을 가려주었다. 착한 민민은 더 묻지 않고 창밖으로 날아갔다.

미안! 마음을 전한 승우가 그녀를 향해 돌아섰다. 이제 남자와 여자만 남은 러브 베드에서 거슬릴 건 없었다.

그 순간 돌연 등 뒤에서 나른한 빛이 느껴졌다. 돌아보니 민민이 창가에서 팔랑거리고 있었다.

"왜?"

"할 말이 있어서요."

"나중에. 알았지?"

"아저씨……."

"나중에!"

승우는 다시 민민의 등을 밀었다. 마음이 이미 동물적 본능에 지배당한 까닭이었다. 침대로 다가서자 유정하의 손이 닿았다. 손은 뜨거웠다. 그 뜨거운 손으로 승우의 곳곳을 쓸고 다녔다. 물론 승우도 그랬다. 그녀의 부드러운 살결과 볼륨감을 따라 호흡이 달아올랐다.

입술이 포개지고, 또 다른 것들이 포개졌다. 그리고, 마지막으로 가장 중요한 것이 포개졌을 때였다.

'웁!'

승우는 여자의 안으로 정수가 쪽 빨려 들어가는 느낌을 받았다. 머리부터 발끝까지 쪽이었다.

어억!

신음이 저절로 새어 나왔다. 흡사 오장육부 안에 용암이 밀려드는 것 같았다. 거시기에 불이 붙은 느낌이었다. 너무 뜨거워 빼려 했지만 몸은 반대로 움직였다.

아아아아!

유정하의 눈에서는 쾌락의 바다가 출렁이고 있었다. 담구고 담가도 모자랐다. 들어가고 들어가도 끝에 닿지 않았다. 그녀는 요부였을까? 섹스의 화신이었을까? 말단을 통해 끝도 없이 승우에게 쾌락의 불덩이를 전달하고 있지 않은가?

"좋아?"

나른한 메아리처럼 그녀가 물었다. 대답할 수 없었다. 단 몇 번의 피스톤 운동으로 바짝 구워진 느낌이었다. 아련함 속에서 그녀의 입술이 뜻밖의 말을 전해왔다.

"넌 끝났어."

끝?

오장육부에 붙은 불 때문에 허덕이던 승우의 귀에 그 한마디가 벼락이 되어 스쳐 갔다. 그제야 승우는 유정하의 눈이 변한 걸 알았다.

변했다.

완전히 다른 존재로.

요기와 색기에 휩싸인 그녀. 색기로 가득한 기묘한 힘이 절망의 장벽처럼 승우를 압도하고 있었다.

"······!"

승우가 흠칫거리자 그녀는 다리를 휘감아 승우를 옥죄였다.

"너······."

"그냥 즐겨. 끝났으니까."

그녀가 웃었다. 승우가 알던 그녀의 미소가 아니었다.

민민······.

도움을 청하려 하지만 민민은 손목에 없었다. 하긴 있다고 해도 부를 상황이 아니었다. 그냥 죽고 말지 어떻게 이 꼴을 보인단 말인가?

씨익!

면돗날 같은 여자의 미소가 승우의 심장을 숭덩 긋고 지나 갔다. 뭔가 잘못되었다. 그것도 치명적으로.

"좋아, 끝까지 가보자고!"

상황을 판단한 승우는 사력을 다해 섹스에 몰입했다. 매 순 간 울컥울컥 뜨거움이 밀려들었지만 방법은 이것밖에 없었다. 피스톤 운동이 절정에 이르자 옥죄던 그녀의 손발이 느슨해 졌다. 순간, 승우는 필사의 반동으로 그녀의 몸에서 빠져나왔 다.

콰당탕!

승우 몸이 바닥에 나뒹굴었다. 동시에 그녀가 벌떡, 정말이 지 벌떡 일어섰다. 그 다음은 차마 형언하기 어려웠다. 재기 넘치는 유정하가 아니라 요망한 악령이 거기 있었기 때문이었 다.

"카오오!"

벼락처럼 덮치는 공세를 피해 승우는 굴렀다.

"유정하 씨……."

벽에 몰린 승우가 물었다.

"닥쳐!"

"당신, 악령이 쓰인 거야?"

"닥치라고!"

빨랐다. 움직이나 싶으면 승우의 턱을 후려쳤고, 막았나 싶으면 공세가 치고 들어왔다. 오죽하면 꿈인가 싶었지만 그 또한 부질없는 희망에 불과했다.

와장창!

제대로 일격을 당한 승우가 테이블 위로 떨어졌다.

'내 힘을 가져갔다.'

승우는 알았다. 아까 느끼던 그 뜨거움. 오장육부를 태우던 그 요망한 힘이 승우의 진기를 빼간 것이다.

"얌전히 굴어… 얌전히……."

맨살의 유정하가 다가섰다. 거기다 승우도 알몸, 다 벗은 남녀의 사생결단 격투기라니? 참으로 해괴망측한 장면이 아닐 수 없었다.

빙의인가?

그건 아니었다. 그럼 도대체 뭐?

생각이 끝나기도 전에 유정하가 달려들었다. 겨우 피했나 싶었지만 그녀의 킥이 승우의 복부를 걷어찼다. 몸에 탄력고무를 넣은 듯 360도 회전하는 공세는 차마 인간의 그것이 아니었다.

"카아아!"

우적!

이번에는 정통으로 맞았다. 일어서는 승우의 턱에 유정하의 주먹이 작렬한 것이다. 아니, 주먹이 아니라 쇠뭉치 같았다. 뼈가 다 부서진 듯, 승우는 움직일 수 없었다.

"휴우!"

기괴한 소리를 내며 다가온 유정하가 승우를 잡아 세웠다. 그런 다음 바닥에 패대기를 쳤다. 유도의 한판처럼 제대로 등이 닿았다.

"수컷답게 마무리를 해야지."

큰 대자로 누운 승우에게 그녀가 말했다.

마무리!

승우의 남은 진기를 빨겠다는 뜻이었다.

후릅!

잠시도 참지 못하고 혀를 날름거리며 제 입술을 핥아대는 유정하.

'색귀……'

그랬다. 색귀였다.

빙의는 아니니 부적이나 주술에 의한 것으로 보였다.

숨을 고르며 퇴치법을 떠올렸다. 다른 때 같으면 태을신장이나 천존신장의 힘으로 맞서면 그뿐이었다. 하지만 지금은 너무 큰 데미지를 입었다. 이런 몸으로 접신을 하면 승우가 견디지 못할 지경이었다.

'처음부터 색귀는 아니었지.'

오늘 처음 그녀를 만난 게 아니었다. 다만, 오늘만은 이상했다. 그 시작은 지검에서였다. 주차장에서 느껴지던 섬뜩함. 그리고 뜻 모를 신방울의 울음…… 이제 보니 경고였다. 그걸 무시한 게 화근이었다.

유정하도 그랬다. 막회집에서 화장실에 다녀온 후부터 변하기 시작했다. 술김이라 무시했다. 여체를 탐닉할 생각에 화를 자초한 것이다.

결론은!

'누군가 유정하를 조종하고 있다.'

승우는 결론에 도달했다. 그리고 그 예측이 맞기만을 바라며 유정하의 가방을 당겼다.

"……!"

없었다. 옆에 벗어던져진 브래지어와 팬티를 까 봐도 마찬가지였다. 그 사이에 유정하가 덮쳐왔다. 목을 조르는 손을 겨우 잡아챘다. 그 손에 여자의 손목시계가 닿았다.

시계… 알이 유난히 큰 시계……

마지막 희망이 거기 있었다. 가방에도 옷에도, 속옷에도 없던 부적. 이제 그녀의 몸에 붙은 건 시계뿐이었다. 손목을 잡아챈 승우는 사력을 다해 시계를 벗겨냈다.

"크으윽!"

부적을 뺏긴 유정하가 비틀 물러섰다.

거기 있었다. 알 굵은 유정하의 손목시계. 그 뒷면에 동그란 색령부가 자리 잡고 있었다. 시계의 문양처럼 견고하게 붙은 색령부였다.

색령부.

색신을 끌어모으는… 색령부로 사람을 마음대로 조종한다면 엄청난 신력의 소유자라는 얘기.

그건 누구? 그리고 왜 승우를 노리는 걸까?

2장
그림자 주술사

퍼억!

부적을 떼려는 사이에 유정하의 킥이 옆구리에 작렬했다.
부적을 빼앗으려 필사적이다. 몸을 꿈틀거리며 승우, 단단하
게 붙은 부적을 떼어 촛불 속에 넣어버렸다.

끄에!

부적이 타버리자 유정하는 기묘한 신음을 내며 짚단처럼
무너졌다.

"아저씨!"

그때, 민민이 창으로 날아와 파닥거렸다. 승우는 얼른 촛불

부터 꺼버렸다. 방 안의 풍경을 가리려는 것이다.

"왜?"

이어 유정하의 알몸까지 대충 가리는 승우.

"여기서 자꾸 나쁜 영기 비슷한 게 느껴져서요."

"그래? 난 괜찮은데?"

"어? 진짜 그러네요?"

"아래서 기다려. 곧 내려갈게."

"알았어요. 그런데 그 아줌마는 왜 바닥에서 자요?"

"응? 그거… 술, 술 깨느라고. 너무 달린 모양이야."

"그래요?"

민민은 고개를 갸웃거리며 창에서 멀어졌다.

"히유!"

승우는 안도의 숨을 내쉬었다.

숨을 돌리고 천천히 기운을 회복했다. 늘어진 유정하는 얌
전하게 늘어져 있다. 역시 부적에 의한 조종인 모양이었다.

옷을 입혔다. 침대에 눕혔다.

그런 다음 민민을 불렀다.

"아줌마 아직 술 안 깼어요?"

민민이 다가와 물었다.

"술이 아니고……."

승우는 그동안 일어난 일을 설명했다. 딱 한 가지만 빼고.

지금은 서로 옷을 입은 상태이니 그 한 가지는 말하지 않아도 될 것 같았다.

"색귀라고요?"

"응, 누군가 이 사람을 조종한 모양이야."

"누가요?"

"그걸 찾아야지."

"그러고 보니 아까부터 좀 이상하긴 했어요. 그래서 말해주려고 했는데 아저씨가 말을 못 하게 해서……."

민민의 눈가에 시무룩함이 번져 갔다.

"미안!"

"괜찮아요. 그런데 어떻게 알아보게요?"

"곰곰이 생각해 보니 조짐은 전부터 있었어. 그림자가 좀 마음에 걸렸거든."

"아저씨도요?"

민민이 소리를 높였다.

"그럼 너도?"

"저번에 봤을 때요, 그림자가 희미했어요."

민민… 역시 만만치 않았다.

"그리고 아까 검찰청을 나올 때도……."

"그때 저는 자고 있어서……."

"뭔가가 내 뒤통수를 겨누는 느낌이었어. 신방울도 괜히 울렸고······."

"그럼 누가 아저씨를······?"

노리는 거네요.

민민이 줄인 말은 그 뜻이었다. 승우는 고개를 끄덕였다. 기억의 필름은 계속 넘어갔다.

유정하, 만났을 때는 큰 문제가 없었다. 이상 징후는 막회집에서 나온 후에 생겼다. 그때 분명, 그녀의 분위기가 변했다.

"횟집으로 가보자."

"아줌마 혼자 두고요?"

"자잖아?"

"아저씨가 좋아하는 여자 아니에요?"

응?

"미얀마에서는 좋아하는 여자를 혼자 두지 않아요. 우리 엄마도 그렇게 말했어요."

"······."

"제가 여기 있을게요. 나쁜 사람이 이 아줌마를 시킨 거라면 또 올지도 모르잖아요."

승우, 한 대 후려 맞은 기분이었다. 민민의 말은 둘 다 옳았다.

"오케이, 그럼 잠깐 부탁한다."

"네!"

"아, 그런데 말이야……."

문으로 가던 승우가 걸음을 멈췄다.

"그 여자 깨어나면 아줌마라고는 부르지 마라. 아마 싫어할 거야."

"알았어요."

민민은 팔랑거리며 대답했다.

밖으로 나온 승우는 막회집으로 향했다. 그리 멀지 않은 곳이었다. 이제 막 자정을 지나는 시간, 막회집 주방장은 문 닫을 채비를 하고 있었다.

"오늘 영업은 그만……. 어?"

승우를 알아본 주방장이 고개를 들었다. 그는 주방장이자 실장이었고, 주인이었다.

"화장실 이쪽이죠?"

"네, 나가서 왼쪽요."

주방장이 심드렁하게 대답했다. 계산을 치루고 간 지 오래. 그런데 이 시간에 돌아와 화장실을 찾다니. 헛웃음이 나올 지 경이었다.

"CCTV는 어디 있나요?"

화장실을 확인하고 온 승우가 물었다.

"그건 왜요?"

뜨악하게 묻는 주방장의 얼굴에 신분증이 디밀어졌다.

"검찰입니다!"

"……?"

그 한마디에 주방장의 눈빛이 스러졌다.

"왜요? 무슨 사고 났습니까?"

"별건 아닌데 참고할 게 있어서요."

"아, 우린 몰카 같은 거 없는데……."

주방장이 울상을 지었다. 대놓고 부정하지 않으니 있기는 있는 모양이었다.

"그럼 내일 수사관들 편에 수색영장 집행하도록 하겠습니다."

승우는 넌지시 압박을 던졌다.

"아, 아닙니다. 있긴 있습니다."

밖으로 나온 주방장이 수족관 위를 가리켰다. 거기 교묘하게 숨은 몰카가 있었다.

"누가 자꾸 고기를 건져가서 말이죠. 저런 것도 위법입니까?"

"아뇨, 잠깐 좀 보여주세요."

승우의 요청을 받은 주방장이 화면을 살려주었다. 다행히 각도는 좋았다. 수족관과 화장실로 가는 문, 그리고 출입구까지도 커버하는 화면이었다.

'유정하가 화장실 간 시간이······.'

핸드폰을 확인했다. 카드결재 후에 문자를 받았으니 그 시간을 참고하면 되었다. 그때를 전후해 오간 손님을 점검했다. 이어 화장실 문 쪽을 체크했다.

'일곱 명······.'

승우가 가게에 들어선 후부터 유정하가 화장실을 가기까지 출입한 사람은 총 일곱 명이었다. 다섯은 막회집 손님이었고 한 사람은 옆 가게 주인, 그리고 또 한 사람······.

그는 유정하가 들어가고 2분 후에 뒤를 따랐다. 푸짐한 아줌마였다. 머리에는 벙거지를 눌러쓴 아줌마······.

"이 사람 아는 사람인가요?"

승우가 화면을 가리켰다.

"아뇨."

바로 고개를 젓는 주방장.

"잘 생각해 보세요."

"처음 보는 사람입니다. 이 근방 가게 주인이나 일하는 아줌마도 아니고······."

처음 보는 아줌마······.

그 길로 일식집으로 향했다.

거기도 입구에 CCTV가 있었다. 신분증을 제시하고 협조를 얻었다. 승우가 들렀던 시간대에는 그 아줌마가 없었다. 밖으로 나왔다. 시간은 이미 까무룩 깊어진 심야.

'횟집처럼 들어오지 않고 지켜본 거라면……'

가정을 두고 주변을 살폈다. 일식집을 빤히 볼 수 있는 건너편 커피점. 그 옆에 있는 편의점으로 가서 화면을 점검했다.

'있다!'

거기 있었다. 40대 후반의 벙거지 아줌마. 푸짐한 그 아줌마……. 승우가 도착한 시간에 이어 커피점 앞에 도착했다. 거기서 일식집을 바라본 후에 커피점으로 들어갔다.

나온 시간은 승우의 그것과 같았다. 창가 테이블에서 지켜보다 따라 나온 것이다.

일단 커피 전문점 카운터를 점검했다. 흔적이 없었다. 카드를 쓴 게 아니었다. 현금을 내고 그냥 갔다. 현금 영수증도 요청하지 않았다.

"그 아줌마라면……"

그래도 길은 있었다. 알바 여학생이 기억하고 있는 것이다. 착하게도 얼굴까지 있었다.

"이분이에요."

그녀가 내민 화면은 업소의 생일 축하 기념 촬영 파일이었다. 마침 그 각도 쪽에 앉은 커플의 여자가 생일이었다. 폴라로이드로 찍고 출력해 준 사진. 커플들 뒤로, 모자를 벗고 통화를 하는 아줌마가 보였다.

"그 아줌마 일본 사람 같던데……"

여학생이 중얼거렸다.

"일본 사람?"

"네, 옆 테이블 정리하다 들었는데 일본어로 통화하고 있었어요."

'일본?'

승우의 척추에 짜릿한 전류가 지나갔다.

일본이라면… 신바… 그리고 에이타…….

'설마!'

괜한 추측을 떨치고 일어섰다. 아직 결정된 건 아무것도 없었다. 이 커피점에 앉았고 막회집 화장실에 갔다는 것만으로 성립될 일은 없었다.

"아저씨!"

모텔로 돌아오자 민민이 침대를 가리켰다. 그녀는 아직도 잠들어 있었다. 자신의 의지와는 상관없이 격렬하게 나댄 대가를 치루는 모양이었다.

"어쩌죠?"

"글쎄……"

어깨를 으쓱해 보였다. 그냥 잠든 여자 같으면 깨우면 될 일이었다. 하지만 그런 상황이 아니었다.

승우는 소파에 앉았다. 그리고 옆자리를 가리키며 톡톡 두

드렸다. 민민이 날아와 거기 나란히 앉았다. 말은 필요 없었다. 유정하를 그냥 두고 갈 수 없으니 다음 일은 정해진 셈이었다.

밤이 깊어갔다.

쿨쿨!

"푸헛!"

이른 아침, 승우는 벼락을 맞고 잠에서 깨었다. 물벼락이었다.

촤악!

한 번으로 끝나지 않았다. 유정하는 생수통을 아예 승우 머리에 대고 촬촬 부어버렸다.

"유정하 씨……."

"이 파렴치한!"

유정하의 손이 벼락처럼 스윙을 했다. 승우는 그 손목을 잡았다.

"왜 이러시죠?"

"왜 이러시죠? 지금 몰라서 물어요? 이거 못 놔요!"

유정하가 몸부림을 쳤다. 승우는 손목을 놔주었다. 그녀는 기우뚱 중심을 잃고 쓰러졌다.

"당신, 검사면 다야? 대체 내 몸에 무슨 짓을 했어요? 맛이

간 사람 꽁꽁 묶어놓고 하드코어라도 한 편 때린 거예요?"

"무슨 코어요?"

"하드코어요!"

유정하의 짜증 작렬. 그녀는 어젯밤 일을 기억하지 못하고 있었다.

"그만하고 앉아요."

승우가 심각하게 말했다.

"앉아? 내가 왜 당신 명령을 들어야 하죠? 빨리 내가 묻는 말에나 대답하란 말이에요!"

그녀는 하이힐을 거머쥐고 승우에게 겨누었다.

"사고가 났어요."

"사고? 무슨 사고?"

"당신이 나를 여기로 유혹했습니다."

"내가? 내가요?"

눈이 쏟아질 정도로 휘둥그레지는 유정하.

"설명할 테니까 앉아 봐요."

"무슨 헛소리예요? 당신, 술에 약 넣었죠? 대체 내 몸에 무슨 짓을 한 거야?"

그녀는 승우의 핸드폰을 가로챘다.

"패턴 뭐예요? 빨리 말해요!"

"아, 씨발, 잠 좀 자자. 애정 싸움은 쫌 나가서 하고!"

유정하의 목소리가 높아지자 옆방에서 반응이 건너왔다. 벽을 치며 항의를 날린 것.

"앉아요. 설명한다잖아요."

"좋아요. 대신 대충 넘어갈 생각일랑 마세요. 아, 어깨… 다리……."

유정하는 어깨를 주무르며 소파에 앉았다.

"패턴은 마름모입니다."

승우가 말하기 무섭게 유정하가 패턴 점을 이었다. 마름모를 그리자 바탕화면이 나왔다.

"거기 사진이 있을 테니 보세요."

"사진 찍었어요?"

유정하의 목소리가 다시 높아졌다.

"아, 진짜 쫌!"

쿵쿵!

다시 이어지는 옆방의 항의.

"믿을 남자 없다더니 진짜 기가 막혀서……."

유정하는 씩씩거리며 사진을 넘겼다.

"더 볼 거 없고요, 맨 첫 사진요. 벙거지 쓴 아줌마……."

"됐어요. 히든까지 볼 거거든요."

유정하의 손가락이 고속질주를 했다. 승우는 그냥 지켜보았다. 전 같으면 하룻밤의 뜨거운 무용담들이 뽀샤시 자리 잡았을 히든. 하지만 민민을 만나고 정리한 덕분에 깔끔하게 비어 있었다.

"어디로 빼돌리고 지웠군요?"

파일을 다 뒤져본 유정하가 눈을 흘겼다.

"빼돌리고 말고 할 것도 없으니까 그 벙거지 아줌마나 좀 봐주세요."

"왜요? 당신, 아줌마 스따이얼이에요?"

"그 사람인 거 같아서요. 당신을 홀린 사람!"

"뭐라고요?"

"믿지 않아도 좋은데요, 어젯밤 홀린 주체는 당신입니다. 보여줄 수는 없지만 내가 아주 황천으로 갈 뻔했다고요."

"이봐요, 송 검사님!"

"당신 손목시계 뒤에서 부적이 나왔어요. 색령부……."

"색령부? 그게 뭔데요?"

"색귀를 당신에게 붙인 거죠."

"색귀?"

"다른 말로 색마라고나 할까요? 서양 문화 잘 아시면 서큐버스를 떠올리면 되고요."

"서큐버스면 남자에게 성교의 쾌락을 안겨주고 목숨을 태워 버리는?"

"아는군요."

"그러니까 어젯밤에 내가 서큐버스였다는 거예요?"

"그 비슷한……."

"그러니까 당신하고 나하고 그걸 했다는 거잖아요?"

"……"

"으악, 이 나쁜 새끼! 아!"

발끈하던 그녀, 온몸의 통증을 느끼며 그대로 주저앉았다.

"내 말 믿어요. 내가 설마 당신을 그 꼴이 되도록 팼겠습니까?

"차라리 팬 게 낫지!"

"……"

"그러고 보니 패기도 했나 봐. 이 멍 좀 봐."

그녀의 시선이 정강이에 닿았다. 정강이와 손은 곳곳에 푸른 멍이 들어 있었다.

"믿기 어려운 건 압니다. 하지만 믿어야 합니다."

"됐어요. 당신 고소할 거예요."

"유정하 씨……."

"사람이 좀 믿을 만하길래 만났더니 완전 쓰레기잖아?"

"어휴, 답답!"

승우는 고개를 저었다. 이 난감한 상황을 어떻게 헤쳐간단 말인가? 그때 지켜보던 민민이 아이디어 하나를 소근거려 주었다.

"……!"

별수 없지.

내키지 않았지만 받아들였다. 그러자 바로 효과가 나타났다. 친디를 불러낸 민민이 색귀 기운이 깃든 잡귀 하나를 유정하에게 쑥 밀어넣은 것이다.

'미안하지만……'

승우는 본의 아니게 동영상을 찍었다. 옷을 벗고 야릇하게 나대는 유정하의 모습을.

"……?"

잠시 후 잡귀가 나가자 유정하는 눈을 뒤집고 말았다, 승우가 보여준 따끈한 동영상 때문이었다.

"이제 내 말을 믿겠습니까?"

"이게 정말 나란 말인가요?"

"예, 잡귀에 쓰이면……"

"말도 안 돼."

그녀는 재빨리 화면을 삭제해 버렸다.

"부탁입니다. 도와주세요."

"좋아요. 대신 비밀은 지키세요."

"그러죠."

"우리… 어젯밤에 아무 일도 없었던 거예요."

"예."

"내가 뭘 하면 되요?"

"이 아줌마요. 막회집에서 당신을 따라 화장실로 갔어요. 만났나요?"

"그러고 보니……"

유정하가 기억을 더듬었다. 아주 간단한 일을 멀리 돌고도 돌아온 셈이었다.

"그 아줌마가 내 시계를 만졌어요."

"……?"

"맞아요, 내가 손을 씻느라고 잠시 벗어놨거든요. 그런데 언제 다가왔는지 옆에 서서 시계 좋다고 만져 보더라고요. 금세 돌려주긴 했지만……"

"억양은 어땠어요? 한국 사람이 아닐 수도 있는 거 같던데?"

"맞아요. 어눌했어요. 그래서 중국 동포인가 했는데……"

답이 나왔다.

그때였다. 바로 그때, 그녀의 시계 뒤에 몰래 부적을 붙인 것이다. 그래서 유정하, 화장실에서 나오기 무섭게 색귀가 들고 말았다.

그리고 그림자… 뭔가 나른해 보이는 그림자 또한 그녀의 수작이 깃든 게 분명했다.

"아!"

거기서 그녀의 기억이 또 이어졌다.

"생각났다. 이 아줌마… 저번에도 봤어요. 그 왜 커피 테이크아웃 해드리던 날요."

'응?'

"틀림없어요."

"그때도 당신에게 접근했었나요?"

"아뇨. 그때는 당신 뒤에 있었는데요?"

"예?"

"내가 차에 오를 때 당신 뒤에서 당신 그림자를 바라보고 있었어요. 이 모자를 보니 생각이 나요."

바라보고 있었다고? 승우 그림자를?

시계는 지문분석실에 넘겼다. 아울러 막회집 화장실과 통로, 커피 전문점의 테이블에서도 지문을 떴다. 결과는 오래지 않아서 나왔다. 시계에서 나온 지문. 그리고 화장실 등지에서도 채취된 동일 지문.

벙거지 아줌마를 찾는 건 시간문제라고 생각했지만 그건 순진한 착각이었다. 뜻밖의 결과가 승우에게 날아온 것이다.

〈신원파악 불가─내국인이 아닌 것으로 추정됨.〉

'내국인이 아니야?'

첫 번째 그물망은 보기 좋게 빗나갔다. 승우는 CCTV 화면을 다시 보았다. 한국인이 아니라면…….

'진짜 재패니스.'

방향을 바꿀 차례였다.

"유 계장님!"

승우는 유 계장을 불러 벙거지 아줌마 색출령을 내렸다. 유 계장은 즉시 출입국사무소를 연결했다. 40대의 푸짐한 일본인 여자. 하늘에서 뚝 떨어진 게 아니라면 못 찾을 이유가 없었다.

결과는 저녁 무렵에 나왔다.

〈나츠메 쿠레아〉

당 45세, 일본 교토 거주 미혼, JAL편으로 입국, 입국 목적 관광, 국내 거주지는 ○○호텔.

즉시 호텔로 수사관을 보냈다. 뭔가 나올 것으로 기대했지만 그 또한 빗나갔다. 여자는 그곳에서 숙박하지 않았다. 그저 의례적으로 입국신고서를 적어낸 모양이었다.

"예약조차도 없었다고 합니다."

돌아온 차도형이 보고를 했다.

"당일 숙박한 일본인도 없어?"

"몇 명 있었지만 다 아닙니다. 화면에 찍힌 얼굴을 보여주고 확인했습니다."

"오케이!"

승우가 웃었다.

"검사님……."

차도형이 뜨악한 표정으로 고개를 들었다.

"왜?"

"잘됐다는 것처럼 보여서요. 단서가 안 나왔는데……."

"그러니 좋잖아? 철저하게 위장하고 있다는 거……. 이거 뭔가 큰 게 있다는 거 아니겠어?"

"그렇게 보니 또 그렇군요."

'비밀스럽게 움직였다?'

승우는 신바를 생각했다. 그 또한 그랬다. 에이타 회장이 알아봐준 정보를 가지고 그림자처럼 소리 없이……. 그리고 마침내 목표를 이루고 떠났었다.

신바 무리의 무속인일까?

아니면…….

생각은 깊어지지만 안개는 쉽사리 걷히지 않았다. 승우는 벽에 걸린 대형 거울 앞에 서서 자신을 바라보았다.

일본인 여성… 승우를 노렸다.

그것도 지인인 유정하를 이용해서. 색령부까지 써가면서 말이다.

철저하게 계산된 움직임…….

그렇다면 즉흥적인 것은 아니었다. 하루가 되었건 일주일이 되었건 주변 관계를 파악하고 덤볐다는 뜻이었다.

만약 신바와 에이타에 관련된 일이라면, 혹은 위안부과 관련된 일이라면……

한 사람이 스쳐 갔다. 사건 후에 검찰청으로 찾아온 일본의 부장검사 다카시. 그의 범상치 않았던 시선……

"차 수사관!"

승우는 수사자료를 뒤지는 차도형을 불렀다.

"아, 네. 맞습니다. 그날……"

차도형은 즉시 JAL의 탑승기록을 알아보았다. 그리고……

"검사님!"

고조된 목소리로 승우를 바라보는 차도형.

"뭐 좀 나왔어?"

"나즈메 쿠레아가 다카시 바로 뒷좌석이었답니다."

"……?"

"탑승 시간과 우리나라 세관통과 시간도 일치합니다. 다카시와 동행 검사가 먼저 나오고 그 바로 뒤에 나즈메 쿠레아입니다."

다카시……

그리고 나즈메 쿠레아……

싸아한 긴장감이 승우의 가슴에 발톱 자국을 내며 스쳐 갔다.

"두 사람 관계 조회해 봐. 어떻게든 알아내!"

승우의 목소리가 사무실을 호령했다.

수사관들은 모든 사건 수사를 접어두고 승우의 지시에 몰입했다. 한국이 아닌 일본. 한국처럼 쉽게 해결될 일이 아니었다. 그러나 일본에도 한국 검찰의 힘은 미치고 있었다. 일본 검찰이 그런 것처럼…….

"나왔습니다!"

퇴근 무렵, 유 계장이 낭보를 건져냈다. 수사관들은 즉시 한자리에 모였다.

"다카시 부장검사와 쿠레아… 먼 인척 관계입니다. 다카시의 선조가 무속을 했는데, 쿠레아 역시 일본 현지에서 무속인으로 명망이 높답니다."

유 계장이 간략하게 개요를 설명했다.

"으아, 그럼 그 치사빤쓰한 자식들이 우리 검사님 때문에 저희들 정부 입장이 곤란해지니까……."

제거하려고?

차도형은 차마 그 말까지 꺼내지는 못했다.

"그렇다면 아마 검사님 가까운 곳에 맴돌고 있을 것 같군입쇼."

석 반장이 의견을 개진했다.

"맞습니다. 이제 보니 그 여자는 내 주변 가까운 곳에 있었습니다."

승우는 인정했다. 저 앞의 주차장. 그때 느꼈던 이상한 느낌. 그리고 유정하가 커피를 사준 날, 이어 막회집……. 그것만 합쳐도 벌써 세 번이었다.

"권 수사관!"

"예?"

"내려가서 우리 지검 CCTV 좀 확인해 봐. 다카시가 방문한 날, 그 시각……."

승우는 벙거지 아줌마를 가리켰다. 그 여자가 왔었는지 체크하라는 뜻이었다. 엄명을 받은 권오길이 사무실을 뛰어나갔다.

"이거 범정부 차원에서 대응해야 하는 거 아닙니까?"

유 계장의 목소리에서 비장미가 묻어나왔다.

무속으로 이룬 오키나와의 쾌거.

일본 정부 측 시각으로 보면 승우가 눈엣가시일 터였다.

"너무 확대하지 마세요. 아직 체크할 것도 많고……."

승우가 고개를 저었다. 칼을 들고 덤비고, 총을 들고 덤빈 일이 아니었다. 승우가 그랬듯이 초자연적인 현상을 이용한 일. 정부차원으로 공론화하기에는 마땅치 않았다.

"검사님, 있습니다!"

권오길은 숨도 돌리지 않은 채 돌아왔다.

"있어?"

차도형이 소리쳤다.

"보십시오. 대충 핸드폰으로 찍어왔습니다."

권오길이 핸드폰을 열었다.

"······!"

거기 있었다. 다카시의 차량이 도착하고 10분쯤 후에 민원인처럼 들어서는 벙거지 아줌마. 이때는 벙거지를 쓰고 있지 않았다. 그리고… 다카시와 승우가 작은 쉼터로 나올 때 그녀가 또 보였다.

'교활한!'

그제야 승우, 다카시가 왜 밖으로 나가자고 했는지 이유를 알았다. 다카시는 승우를 체크한 것이다. 그런 다음 벙거지 아줌마 쿠레아에게 승우의 실체를 보여주었다. 또 한 번의 체크……. 그런 다음 결론을 내렸을 것이다.

〈제거〉

이제는 상상이 아니었다. 추측이 아니었다.

다카시 부장…….

개인적인 것인지, 아니면 일본정부의 특명인지는 알 수 없는 일. 그러나 분명한 건 그가 승우를 위해하려 한다는 사실이었다.

오키나와에서 인정된 일본의 치부. 그 치부를 까발린 검사의 징치.

그런데… 거기까지 나가자 승우의 머리에 벼락이 쳤다.

젠장!

머리가 하얘졌다. 일본의 치부가 드러난 것에 대한 징치라
면 또 한 명이 있을 수 있었다. 바로 애기선녀 황규리.

'맙소사!'

승우는 재빨리 핸드폰을 꺼내 들었다.

규리…….

상주보살은 전화를 받지 않았다. 노인들은 이렇다. 핸드폰
같은 건 오면 받고 아니면 만다. 옆구리에 끼고 사는 게 아니
기 때문이었다. 이번에는 청풍댁에게 걸었다.

받아, 제발…….

승우는 악이라도 쓰고 싶었다. 수사관들은 숨을 죽이고 승
우를 주목했다.

'사람이 많아서 그런가?'

방송 때문이었다. 방송 출연 이후, 규리는 상종가를 치고
있었다. 한동안은 사람들이 몰려들어 피해야 할 정도였단다.

—여보세요!

그러다, 겨우 청풍댁이 전화를 받았다.

"서울 송승우입니다!"

—어머, 검사님.

"사람이 많은가 보죠? 전화를 잘 안 받으시니……."

―사람이 많긴 하지만 이제는 예약자 외에 안 받는다는 거 아니까 좀 나아요.

"규리는 손님 만나고 있나요?"

―아뇨. 보살님하고 산에 갔는데요? 폭포 앞에서 기도 올린 다고…….

"기도요?"

―규리가 계속 미열이 있어서… 약을 먹어도 잘 안 나아요.

미열!

좋지 않았다.

"사진 한 장 보내드릴 테니까 보세요. 일본사람인데, 손님 중에서 그런 사람 보았는지……."

사진이 전송되는 동안, 잠시 통화가 그쳤다.

"어때요?"

―잠깐요, 제가 이런 거 잘 못해서…….

청풍댁이 사진을 확인하는 데는 시간이 좀 걸렸다.

―잘 모르겠네요. 오늘도 십여 명이 서 있고……. 주말 같 은 때는 관광객들까지 해서 백여 명이 찾아올 때도 있거든요.

"아무튼 잘 보시고 그런 사람이 오면 바로 경찰에 신고하고 저한테 연락하셔야 합니다. 아셨죠?"

―그건 왜?

"이유는 제가 직접 가서 설명하겠습니다."

—예……

"주변 누구에게도 발설하지 마시고요."

—예……

"차 수사관, 나 수사관, 출장 준비해."

승우는 숨 돌릴 사이도 없이 두 수사관을 앞장세웠다.

*　　　*　　　*

"일본 놈들 진짜 무섭군요."

운전대를 잡은 차도형이 몸서리를 쳤다. 승우는 조수석, 나수미는 뒷좌석에 있었다.

"그거 이제 알았어?"

승우가 응수했다.

"하긴 위안부 사건이 좀 크긴 했지요. 기사 봤더니 그것 때문에 미국 상하원에서도 압박을 받는 모양입니다. 대신이 인정했으니 일본정부도 인정하라는……"

"미국을 우리 편이라고 보긴 무리가 있지."

승우는 신중했다. 국제정세 전문가는 아니지만 국가 간에 영원한 동반자는 없었다. 모든 국가는, 자신의 이익을 위해 움직이는 게 역사였다.

"다카시가 배후라면 그가 노리는 건 뭘까요? 검사님에게 미인계를 썼다면……. 죽일 생각은 아닌 것도 같고……."

뒷좌석의 나수미가 물었다.

미인계… 그녀는 사건을 그 정도로만 알았다. 승우, 차마 알몸으로 격투까지 벌였다는 말까지는 하지 못한 것이다.

"……."

승우는 다시 생각에 잠겼다.

색귀!

쿠레아가 택한 건 색귀 버전이었다. 그만한 능력이 있는 무속인이라면 다른 방법도 있었을 것이다. 그런데 색귀 카드를 뽑았다. 물론, 주변 환경 때문이었는지도 몰랐다.

승우는 혼자!

부모형제가 없는 것이다. 이모는 해외로 나가 다행히 그들의 네트워크에 잡히지 않았다. 결국 잡힌 건 유정하뿐이었다.

재료는 유정하 하나!

여러 모로 보아 색귀가 마땅했을 수 있었다. 한국의 관가, 여전히 패가망신의 한 부류로 여자관계가 버티고 있었다. 만약, 승우가 유정하 배 위에서 복상사라도 했다면……?

젠장!

씁쓸한 웃음이 나왔다. 그 무슨 꼴불견인가?

돈 주고 산 여자는 아니지만 그렇다고 주변 지인들이 아는 여자도 아닌 관계. 온갖 억측이 나올 판이었다. 동시에 유정 하에게 미안한 감정이 솟았다. 그러고 보니 그녀, 완벽한 피해 자였다. 승우 때문에 이 일에 엮인 셈이었다. 그렇다면, 그렇다면 규리에게는 어떤 방법을 쓸까? 어린 그녀에게는 어떤 방법으로 치명타를 가할 것인가?

"아, 저 자식……."

순간, 차도형이 핸들을 급조작하는 바람에 차량이 휘청 흔들렸다. 앞쪽에서 느닷없이 차량이 튀어나온 것이다. 게다가 안개등까지 켠 상태. 매너라고는 개떡인 인간이었다.

"눈깔은 뒀다 뭐하려고 안개등을……."

차도형이 투덜거리는 사이에 차량은 멀리 사라지고 말았다. 순간, 승우의 뇌리를 스쳐 가는 한 생각.

'눈?'

어린 규리에게는 소중한 게 많았다. 모든 게 다 소중하다. 하지만 그중에서도 눈이 그랬다. 접신했을 때의 규리는 눈이 압권이다. 정말 천상의 눈을 빌린 듯 모든 걸 꿰뚫어본다.

'헤이, 송승우. 너무 나가고 있잖아?'

승우는 고개를 저었다. 상상이란 놈은 멋대로 가지를 쳐서 문제였다.

딩도로롱딩동!

그때 전화가 들어왔다. 권오길이었다.

"검사님!"

다급한 목소리와 함께 승우의 차는 방향을 틀어야 했다. 급보였다. 출국하던 나츠메 쿠레아가 김포공항에서 잡힌 것이다. 인천이 아니고 김포였다.

"신병 인수하고 조사실 하나 비워둬. 지금 바로 갈 테니까!"

승우가 소리쳤다.

바아앙!

자동차는 더욱 속도를 높였다.

'나츠메 쿠레아……'

그녀는 과연 어떤 사람일까? 승우의 심장이 묘한 긴장으로 벌름거리기 시작했다.

*　　　　*　　　　*

화면 속의 여자 나츠메 쿠레아.

그녀가 압송되어 왔다. 화면 속보다는 얼굴이 작아 보였다. 그녀가 모자를 벗었다. 오늘은 벙거지가 아니라 밀짚모자였다. 일본 아이들이 좋아하는 그 밀짚모자. 소지품 중에도 벙거지는 없었다. 벌써 처리를 한 모양이었다.

"나를 잡아온 이유가 뭐죠?"

쿠레아는 당당한 듯 일본어로 쏘아붙였다.

"다들 나가 있어요."

승우, 안에 있는 두 수사관을 돌아보았다.

"한국말을 잘 못합니다."

차도형이 말했다.

"알았으니까 나가 있도록!"

승우가 다시 한 번 강조했다.

탁!

문이 닫히자 쿠레아는 승우를 쏘아보았다.

"일본대사관에 연락해 주기를 요청합니다."

여전히 일본어가 나왔다.

"그만하시지."

승우가 매섭게 응수했다.

"뭘 말이죠?"

다시 작렬하는 쿠레아의 일본어.

"한국말 할 줄 알잖아?"

"……!"

쩌억!

쿠레아의 표정에 금이 갔다. 승우의 승리였다.

승우는 처음부터 알고 있었다. 쿠레아가 한국말을 할 수 있다는 것. 왜냐고? 화면 속의 쿠레아는 언제나 혼자였다. 그리고 단양까지도 혼자서 갔다. 한국말을 전혀 못한다면 어려운 일이었다.

한국!

국제화가 되었다? 물론 그렇다. 많은 면에서 당연하다. 하지만 언어만큼은 절대 아니었다.

도심에서도 외국어를 하는 사람을 만나기 쉽지 않다. 하물며 도심지를 벗어난 곳이라면 더욱 그렇다. 그렇기에 승우는 쿠레아가 한국말을 할 줄 알 거라고 판단하고 있었다.

"나츠메 쿠레아, 직업은?"

승우가 물었다.

"……."

"무속인인가?"

"……."

"묵비권을 쓰는 건 자유지만 그런다고 변하는 것 없어. 당신이 유정하의 시계에 부적을 붙인 걸 알고 있으니까."

피식!

그녀가 웃었다. 잘못된 우월감, 그런 게 서린 미소였다.

"인정하나?"

"몰라!"

승우를 노려보던 쿠레아, 그제야 한국어로 첫 마디 포문을 열었다.

"그 얘기는 흥미가 없는 모양이고…… 그럼 좀 더 멀리 가 볼까?"

"……?"

"배후는 다카시겠지? 도쿄지검의 부장검사!"

꿈틀, 그녀의 눈자위가 요동을 쳤다.

"그래도 침묵한다?"

"모르는 얘기야."

여자가 고개를 저었다.

"스스로의 자존마저 부정하는 건가?"

"……"

"아니면… 나에 대한 위해가 실패로 돌아가자 시간을 벌기 위해 전략상 후퇴?"

"……"

"자신의 행위조차 말하지 못한다면 당신은 무속인이 아니라 협잡꾼인 모양이군."

피식!

또다시 웃어넘기는 쿠레아.

"여유만만하군. 마치 승자처럼……"

"아니라고 말할 수도 없지."

"……?"

이번에는 승우의 미간에 경련이 일었다. 뼈가 있는 한마디였다.

'이 여자, 속셈을 감추고 있다.'

승우는 쿠레아의 속내를 간파했다. 그도 그럴 것이 규리가 있었다. 그녀를 확인하지 못했기에 승우도 일말의 불안감까지 다 떨쳐낼 수는 없었다.

'그렇다면!'

승우는 방향을 틀었다. 그녀가 모를 한 가지. 그걸로 여자의 속내를 떠볼 생각이었다.

"당신의 부적은 쓸 만했어. 하지만 결과적으로는 나를 도운 셈에 불과했지."

"……?"

"그 여자… 내가 품고 싶던 사람이거든. 덕분에 원도 없이 서로를 탐닉했어. 뼈와 살이 타버리도록 말이야."

"……."

"증거는 여기 있지. 당신의 바람대로라면 그녀의 배 위에서 내 심장과 진기가 다 타서 죽어야 했겠지만 이렇게 멀쩡!"

승우가 자기 자신을 가리켰다.

"……."

"왠줄 아나?"

"……."

"바로 이 신령(神靈) 때문이지."

승우는 민민을 꺼내놓았다. 그 여느 때보다 푸른빛으로 탱탱거리는 민민을.

"……!"

처음에는 눈빛을 꿈뻑이던 쿠레아. 뭔가 기묘한 느낌을 받았는지 목의 염주를 만지며 주문을 외웠다. 그러다 마침내 민민의 존재를 알아채고는 의자와 함께 나뒹굴고 말았다.

"으헉!"

쓰러진 그녀의 입에서, 몇 번이고 목 매인 탄식이 새어 나왔다. 민민은 그녀의 시선 앞을 맴돌며 무력시위를 했다. 승우가 시킨 것도 아닌데 말이다.

"이제 알겠지? 어차피 당신은 나를 넘볼 깜냥이 아니야."

"……"

"일어나시지."

팔짱을 낀 채 승우가 말했다. 쿠레아는 주섬주섬 옷을 털고 일어섰다. 승우는 한류 드라마의 주인공처럼 그녀에게 의자를 권했다. 깔끔한 매너. 일본여자들은 이런 친절에 뻑 간다. 그렇다고 친절하려는 의도는 아니었다. 독 안에 든 그녀 앞에서 여유를 즐기는 것뿐이었다.

"이 아이 보이나?"

승우가 손바닥에 올라앉은 민민을 보며 물었다. 식은땀으로 범벅이 된 쿠레아는 소매 깃으로 그 땀을 닦아냈다. 하지만 대답은 하지 않았다. 실상 그녀는 민민을 명쾌하게 보는 것은 아니었다. 다만 기묘한 존재에 대한 감을 잡을 뿐이었다.

"이 아이는 그냥 빛이 아니야. 당신의 상상 이상이 될 수도 있거든."

슬쩍 검은 코끼리의 왕을 꺼내주었다. 홀쩍 날아오른 민민이 그 위에 올라타자 쿠레아는 한 번 더 오금을 저렸다. 검은 공포가 그녀를 홀쩍 압박한 것이다.

"당신이 진정 무속인이라면……."

승우는 넌지시 그녀를 닦아세우기 시작했다.

"정통 무속을 추구하는 사람이라면 모든 사실을 털어놓길 바라."

"……."

"다카시지?"

"……."

"말하지 않는다고 넘어갈 일은 아니야. 그저 시간이 조금 더 걸릴 뿐."

"당신……."

여러 생각에 골몰하던 쿠레아가 다시 입을 열었다.

"굉장하군."

"아리가또!"

"정녕 상상 이상이야. 내 부적의 주술을 벗어나다니……."

"……"

"게다가 그 기묘한 존재……."

"내 친구!"

"확실히 신바 님이 당할 만하군."

"그를 아나?"

"일본 무속인이라면 당연히……."

"제자?"

"그 영광을 차지하고 싶었지만 실패했지. 신바 님의 술법은 그 집안에서 나고 자란 사람만 가능하니까."

쿠레아가 고개를 저었다. 배움을 청하러 갔지만 거절당한 눈치였다. 그 이유는 승우도 잘 알고 있었다.

"하지만!"

흔들리던 그녀의 눈에 빛이 들어가기 시작했다.

"당신도 완벽한 건 아니야."

"딴죽인가?"

"천만에. 세상에 절대 강자는 없다는 뜻이지. 신바 님도……. 육부적은 위대하지만 기타 주술은 내게 미치지 못하거든."

그쯤에서 쿠레아의 입가에 미소가 감돌았다. 기분 나쁜 미소였다.

"그래서?"

"미안하지만 첫 판은 당신은 이겼어. 색령부의 실패는 인정."

"······?"

"하지만 두 번째 판은 내가 이기게 될 거야."

두 번째 판?

승우가 고개를 들었다.

"오키나와에 상륙한 한국 무속인은 둘이었지. 당신과······."

규리!

승우의 머리에 지직 전류가 흘러갔다.

"당신은 그 아이와 친하지 않은 모양이군. 여기서 이렇게 시간을 허비하고 있는 걸 보면."

쿠레아는 이제, 눈에도 요기가 깃들기 시작했다. 승리를 확신하는 그런······.

"무슨······. 뜻이지?"

되묻는 승우의 목소리가 떨렸다.

"청하는 사람치고는 너무 건방지다고 생각지 않나?"

"······?"

"뭐 친하지 않다면 당신이 신경 쓸 일이 아닐 테고······. 친하다면 내 앞에서 기어야 할 거야."

"······!"

당혹해하는 승우. 쿠레아의 표정은 허세가 아니었다. 그렇다면, 그렇다면?

"검사님!"

순간, 나수미가 뛰어들어왔다.

"무슨 일이야?"

"상주보살이라고……. 급한 일이 생겼다고 검사님을 찾는데 전화를 안 받는다고……."

나수미의 말을 들은 승우가 핸드폰을 꺼냈다. 폰은 무음으로 되어 있었다. 조사실로 들어오면서 통화 모드를 고쳐둔 모양이었다.

"여보세요!"

복도로 나온 승우가 서둘러 전화를 걸었다.

─검사님!

응답자는 청풍댁이었다. 그녀의 목소리는 미치도록 떨고 있었다.

"규리가 이상해요. 보살 님 말로는 아무래도 급살을 제대로 맞은 거 같답니다. 금세라도 숨이 넘어갈 듯……."

"알았어요. 지금 갑니다!"

승우는 뒤도 돌아보지 않고 뛰었다.

"검사님, 저 여자는요?"

복도에서 나수미가 소리쳤다.

"데리고 뒤따라와."

승우는 그렇게 복도를 나갔다.

데리고?

나수미의 안면근육이 실룩거렸다.

흐음!

조사실에서 혼자가 된 쿠레아. 흡족한 미소를 머금은 채 콧노래를 시작했다. 테이블을 짚은 손가락으로 경쾌하게 리듬까지 맞추면서.

부아앙!

차소리…….

민민은 주소석에도 가만히 앉아 있지를 못했다. 금세 창으로 가는가 하면 제자리에서 하르르 거렸다. 규리에 대한 걱정이 홍수가 되어 넘치는 걸까? 영령이라고 해도 그 느낌은 안으로 천 갈래 눈물이 교차하는 듯했다.

어쩌면 민민, 마음속으로는 차보다 빠르게 달리고 있을지도 몰랐다. 바다가 육지를 향해 달리듯.

승우의 입술도 사막처럼 바짝 말라갔다, 승우는 한마디도 하지 않았다. 민민도 말을 시키지 않았다. 차는 왜 이렇게 느릴까? 속도계가 150을 넘고 있지만 마치 기는 것만 같았다.

민민…….

충주를 지나며 승우는 혼자 말했다.

걱정 마. 규리는 괜찮을 거야.

암!

날이 저물었다. 어둠이 내리자 마음이 더 급해졌다. 급한 마음을 산이 막아섰다. 산이 만든 어둠은 도시의 것보다 깊고 무거웠다. 결국 길을 잘못 들고 말았다.

덜컹거리는 산길에서 차를 돌렸다. 민민 보기가 미안했다. 저만치 낡은 장승이 쓰러져 있었다. 그 머리에 붉은 천과 푸른 천이 하늘거렸다. 엄마가 생각났다.

기억 속의 엄마는… 언제나 거인이었다.

승우에게 그 어떤 일이 일어나도 흔들리지 않았다. 궁금해졌다.

그때 엄마는… 정말 두렵지 않았을까? 정말 담담하기만 했을까? 고개를 저었다. 그럴 리 없다. 인간은 누구나 두려움을 가지고 있다. 불확실과 불완전에의 두려움. 그럼에도 불구하고 밀고 나가는 건 책임감 때문이었다. 엄마에게는 그게 있었다.

어린 승우를 지켜야 한다는 태산 같은 책임감. 홀로 남겨질 승우를 위해 모든 것을 주고 가도 모자랄 거라는…….

그런데… 고작 이만한 일에 덜렁거리다니……. 조바심을 내다니…….

"민민!"

다시 제 길로 들어선 승우가 비로소 소리를 냈다. 차분해진 목소리였다.

"네?"

"걱정되지?"

"……."

"그럼 걱정해."

"네?"

"아무렇지도 않은 척할 필요는 없어. 나도 걱정되니까."

"네……."

"하지만 한 가지는 알아둬. 규리는 괜찮을 거야."

"……?"

"민민하고 내가 이렇게 걱정해 주고 있으니까. 알았지?"

"네!"

민민의 목소리가 조금 커졌다. 승우의 말이 위로가 된 것이다. 동시에 승우의 마음도 조금 가벼워졌다. 괜히 완전한 척할 필요는 없었다. 승우는 아직 엄마가 아니었다. 그러므로 승우의 길을 갈 뿐이다.

"검사님!"

청풍댁은 어두운 마당에 나와 있었다.

"규리는요?"

"안에 있어요."

그 말이 끝나기도 전에 승우는 대문으로 들어섰다.

"송 검사!"

아랫목에서 규리를 간병하던 상주보살이 고개를 들었다.

"어떻게 된 거죠?"

승우가 물었다. 규리는 우윳빛으로 변해 있었다. 그러면서도 땀은 비 오듯 흘렀다.

"급살이야. 누군가 요망한 무속인이 해코지를 한 것 같은데 비방을 써도 풀리지를 않아."

"병원에는요?"

소용없는 줄 알지만 묻고 말았다.

"기운이 쇠약해지고 전해질 평형이 깨져서 그렇다나? 수액 한 대 맞으면 나을 거라기에 그것만 맞히고 데려왔다네."

"누가 한 짓인지 제가 알고 있습니다."

"그래?"

"일본 무속인의 짓입니다."

"……!"

상주보살과 청풍댁의 입이 쩌억 벌어졌다.

"그럼 오키나와의 일 때문에?"

청풍댁이 물었다.

"아무래도……."

말끝을 흐리며 승우는 규리를 바라보았다. 그녀의 얼굴에는 생기가 별로 남아 있지 않았다.

"몸에 부적 같은 건?"

"그렇잖아도 찾아봤는데 없어."

부적은 없다.

청풍댁과 상주보살이라면 간과할 가능성은 없었다. 그렇게 되면 남은 의심은 하나.

그림자!

"그럼 누가 혹시 규리의 그림자를 본 적이 있나요?"

"그림자는 왜?"

상주보살이 물었다.

"생각해 볼 게 있어서 그럽니다."

"그림자라면 내가……."

이번에는 청풍댁이 대답했다.

"이상한 점 없었어요? 잘 생각해 보세요. 좀 흐리다거나 나쁘다거나……."

"그러고 보니 방송출연한 후에… 나는 그게 애가 피로해서 그런 줄 알았는데……."

청풍댁의 인상이 일그러졌다.

"아저씨, 흰 코끼리를 전부 꺼내주세요."

뒤에 있던 민민이 재촉했다.

"어쩌려고?"

"그냥요. 뭐든지 도와줘야 하잖아요?"

민민은 애절하다. 흰 코끼리라면 도움이 될 수도 있었다. 아울러 승우는 머릿속에 든 가정을 실험해 보고도 싶었다. 민민의 요청대로 여섯 마리 전부를 꺼내주었다.

"나타, 까웅 깅, 네이번……."

민민은 쉴 새도 없이 여섯 코끼리를 호명했다. 그러자 충실한 그들이 허공에 흰 빛을 피웠다. 민민은 그들이 만든 육망성의 가운데로 날아갔다.

화아앗!

여섯 코끼리가 이룬 꼭지점에서 숭고한 빛이 터지기 시작했다. 민민은 그들의 지향을 규리의 가슴에 대고 겨누었다.

"가!"

단말마의 명령과 함께 아련한 빛이 규리의 가슴팍으로 스며들었다.

꿈틀!

규리의 몸이 반응을 했다. 하지만 그뿐이었다. 조금 나아지는가 싶었지만 규리의 몸은 더 반응하지 않았다. 한 번 두 번, 세 번을 거푸 시전해도 마찬가지였다.

"아저씨……."

실망에 휩싸인 민민이 고개를 떨구었다.

"괜찮아. 내가 한번 해볼게."

승우는 민민을 위로하고 앞으로 나섰다. 그때, 여자의 목소리가 문을 타고 들어왔다.

"포기하시지. 허튼 짓을 하면 그 아이의 목숨만 단축될 뿐이니."

쿠레아였다. 나수미와 차도형이 그녀를 데리고 도착한 것이다.

누구?

상주보살이 눈빛으로 승우에게 물었다.

"그 일본 무속인입니다."

"뭐라? 이런 요망한!"

상주보살은 치맛자락을 잡고 일어섰지만 두 발도 못 가 쓰러지고 말았다. 이미 늙어 기력이 쇠한 그녀. 몸이 마음을 따르지 않은 것이다.

"쿠레아!"

승우는 그녀를 쏘아보았다.

"말씀하시지."

쿠레아가 응수했다.

"내가 왜 당신을 데려오라고 한 줄 아나?"

"흥!"

"당신 눈앞에서 당신의 주술을 깨 보이려는 거야. 두 눈 똑바로 뜨고 잘 보라고."

"어쩌려고 그러시나? 비방이 있나?"

상주보살이 나지막이 물었다.

"될 것 같습니다. 대신……."

승우는 상주보살과 민민에게 귀엣말을 건넸다. 상주보살은 머리를 매만지더니 염주를 쥐고 다리를 포갰다. 민민 역시 허공에 다시 흰 코끼리의 육망성을 그렸다.

"청풍댁 아줌마!"

승우가 눈짓을 건넸다. 청풍댁은 규리의 옷을 남김없이 벗겼다. 완전한 나체로 만든 것이다. 그런 다음 몸통을 줄로 묶어 천장에 매달았다.

"뭘 하시려는 거죠?"

마당의 나수미가 중얼거렸다.

"쉬잇!"

차도형은 벌써부터 집중하고 있었다.

순간, 쿠레아의 눈빛이 흔들렸다. 딱 옷을 벗기는 순간, 그리고 천장에 매다는 순간이었다.

"시작!"

승우, 신호와 함께 후끈 신력을 끌어올렸다. 잡귀와 악신을 단칼에 베는 태을신장의 접신이었다.

"와아앗!"

─승우의 신력이,

―민민의 숭고한 빛이,

―상주보살의 비원이,

겨누고 향한 곳은 규리의 그림자의 머리였다.

머리!

인간을 부적으로 보면 그 시작이자 핵심이 되는 곳. 그림자
는 인간의 또 다른 모습이니 다를 건 없었다.

푸화핫!

집중, 집중, 또 집중.

한없이 쏟아진 삼각 포화. 그러나 대상은 급살을 맞은 몸도
아니고 그 그림자. 지켜보던 나수미의 고개가 갸우뚱거려질
때 비로소 그림자에서 흔들, 반응이 일어났다.

"안 돼!"

동시에 쿠레아가 비명을 지르며 내달았다. 물론, 차도형이
그냥 있을 리 없었다.

끼에엣!

"……?"

청풍댁과 나수미, 차도형은 믿을 수가 없었다. 비명의 근원
은 그림자였다.

꾸에엣!

착각은 아니었다. 규리 그림자의 한가운데, 그곳이 믿기지
않게도 움찔거리고 있었다.

"조금 더요!"

승우는 뼈마디에 맺힌 신통력까지 죄다 쏟아 부었다.

"규리야, 힘내!"

민민의 목소리도 그냥 있지는 않았다.

푸아핫!

끼에엣!

다시 한 번 삼각 공세가 쏟아지자 그림자는 아예 발광을 했다. 그리고, 중심 쪽으로 바람이 깃드나 싶더니 퍼억, 소리와 함께 자지러지고 말았다.

나수미와 차도형, 청풍댁은 보지 못했다. 부풀다 터진 그림자에서 주술의 힘이 빠져나가는 것을. 그러나 승우와 민민, 상주보살은 보았다. 규리를 짓누르던 악의 힘이 산화되는 것을.

"으……."

자신의 주술을 과신하던 쿠레아는 마당에 늘어지고 말았다.

"규리를 내려주세요."

땀으로 범벅이 된 승우가 청풍댁에게 말했다.

"민민, 이제 규리를 깨워."

청풍댁이 규리 몸에 옷을 덮자 승우가 민민 등을 밀었다. 그런 다음에야 승우는 기력이 다한 상주보살을 부축해 세웠다.

믿을 수 없었다. 그림자 주술도 그랬지만 상주보살의 투혼. 그건 정말 투혼이라야 옳았다. 사실, 상주보살의 가세는 과시용 보여주기였다.

늙었어도 이래 청청한 무속인이 한국에 버티고 있다는 걸 확인시켜 줄 참이었다. 그런데, 그녀는 장식용이 아니었다.

승우와 민민 못지않게 뼈마디에 남아 있던 진기를 죄다 쏟은 것이다. 과연 2대 만신으로 불릴만한 사람이었다. 과연 승우 엄마와 규리의 신엄마 자격이 있었다.

승우는 천천히, 쿠레아를 향해 시선을 돌렸다.

그 시선에는 승자의 위엄이 팽팽하게 서려 있었다.

3장
미녀의 나체도
공포가 될 수 있다

나츠메 쿠레아!

그는 한 손을 들었다. 딱 한 손.

"내가 했어요."

범행은 인정했다.

규리의 그림자에 주술을 건 것도 인정했다. 유정하와 다른 방법을 쓴 건 자신의 한계 때문이었다. 그녀, 신묘하게도 그림자 주술을 익혔다.

어둠의 신이 안겨준 선물이었다. 그러나 그림자에 주술을 거는 건 엄청난 파워가 필요한 일. 그렇기에 유정하는 조종이

가능한 정도까지만 손을 쓰고 나머지 모든 신력을 규리에게 퍼부었다는 자백이 나왔다.

승우는 고개를 끄덕였다. 공감이 가는 말이었다. 규리는 신통력이 있는 아이. 게다가 경험 많은 상주보살의 품 안에 있는 몸. 만약 서툰 주술을 썼다가는 금세 발각이 될 일이었다.

그러나 다카시가 배후인 건 인정하지 않았다. 그렇기에 한 손만 들었다.

그녀, 딴에는 끝까지 신의(?)를 지키려는 모양이었다. 그러나 정황은 명백했다. 그녀가 구속되었다는 정보를 흘리자 친일성향의 거물 변호사들이 둘이나 몰려든 것이다. 배후가 없다면 일개 무속인에게 그런 일이 있을 수 없었다.

승우는 고민에 빠졌다.

기소할 죄목이 마땅치 않았다. 그녀가 지은 죄는 두 가지.

1) 유정하를 색귀로 만들어 승우의 진액을 빼 죽이려한 점.

말하자면 살인미수 혐의.

2) 규리 그림자에 살을 넣어 죽이려 한 점.

이 또한 살인미수 혐의.

그런데 승우가 확보한 증거는 무속적인 것과 본인의 자백. 늘 그렇지만 이게 문제였다. 법정은 초자연적인 현상을 인정하지 않는다. 그렇거나 말거나 본인이 끝까지 자백을 유지하면 좋으련만 그건 언제고 바뀔 소지가 있었다.

〈검사가 가혹 행위를 해서 허위자백을 했습니다.〉

〈무슨 가혹 행위?〉

〈잠을 재우지 않았습니다.〉

〈지속적인 인격모독으로 패닉에 빠졌습니다.〉

복잡할 것도 없이 이 정도면, 수사검사의 공이 도로아미타불이 될 판이었다.

승우는 다시 수사관 회의를 열었다. 오랜 시간 의견을 나누었지만 결론이 나오지 않았다. 그렇다고 승우와 유정하의 광적인 섹스 장면과, 규리의 그림자를 구한 신통력을 보여줄 수도 없었다.

"자칫하면 검사님이 일본에 개인적 원한이 있다고도 나올 수 있겠습니다."

유 계장이 조심스럽게 말했다.

"제 생각도 그렇습니다요. 솔직히 이제는 검사님을 아니까 팥으로 메주를 쑨다고 해도 믿지만 그전 같으면 그 또라이 새끼…… 죄송합니다요."

질주하던 석 반장이 입을 막았다.

"괜찮습니다. 계속하세요."

"아무튼 저라도 검사님을 욕할지도……."

"제 생각도 그렇습니다. 차라리 개인적으로 보상을 받고 쿠레아를 풀어주는 게……."

"대한민국 검사가 일본 피의자랑 뒷거래를 하란 말이야?"

승우가 고개를 들었다. 문맥은 그렇지만 얼굴은 웃고 있었다. 승우도 어차피 정답이 마땅치 않다는 걸 알고 시작한 회의였다.

개인적 보상!

보상이 아니라 배상이었다. 보상은 간단히 말해 적법한 행위로 비롯되는 것이지만 배상은 불법적인 행위로 비롯되기 때문. 그런데 이 고민의 또 한 축은 아직도 미해결이라는 난제까지 남아 있었다.

바로 유정하.

쿠레아, 그녀가 승우와 만나는 걸 알고 그림자 주술을 걸었다. 물론 규리처럼 강하지는 않았다. 그녀의 말처럼 쿠레아에게 복종하는 일종의 최면 정도의 수준. 문제는 이게 쿠레아 자신도 풀 수 없다는 사실이었다.

"그걸 배우려면 목숨을 내놓아야 하는 일……."

그래서 배우지 않았단다.

젠장!

'일단 쿠레아부터 해결하자!'

승우는 마음을 굳혔다. 이에는 이 전법으로 나갈 생각이었다.

"걸어요!"

조사실로 돌아온 승우, 쿠레아에게 그녀의 핸드폰을 돌려주었다. 방 안에는 승우와 그녀 단 둘이었다.

"걸라니까요."

"이런다고 해서……."

"나머지는 내가 알아서 합니다."

승우는 쐐기를 박아버렸다.

쿠레아는 잠시 망설이다 다카시의 번호를 눌렀다. 버텨서 될 일이 아니라는 것, 그녀도 아는 까닭이었다. 몇 번은 받지 않았다. 승우는 재촉하지 않았다.

"모시모시!"

다섯 번째였을까? 마침내 다카시가 전화를 받았다. 승우는 바로 전화기를 가로챘다.

"한국의 송승우 검사입니다."

—……!

"여기는 물론 검찰청 조사실이고요."

—…….

"어차피 다 알고 있으니 피할 생각 마세요."

—뭘 원하는 거요?

현해탄 건너에서 무거운 목소리가 흘러나왔다.

"와서 데려가시오. 직접!"

—……?

"당신 손으로 보증각서를 쓰고 데려가란 말이오."

―그게 다요?

"그럴 줄 알고서 꾸민 수작 아닙니까?"

승우의 목소리는 준엄했다. 피차 법리를 아는 검사들. 긴말은 필요치 않았다.

"지금 당장 날아오도록!"

그 말을 끝으로 전화를 끊었다. 더 할 말도 없었다. 고개를 드니 쿠레아 입가에 미소가 엿보였다.

"혹시 마음속으로 쾌재를 부르고 있다면 말이야……."

승우, 쿠레아를 바라보며 묵직한 저음을 날렸다.

"일본의 집에 도착한 다음에 부르는 게 좋을 거야!"

*   *   *

"민민!"

어두운 회의실에 혼자 앉은 승우가 고개를 들었다. 민민이 손목에서 빛으로 새어 나왔다.

"밍글라바!"

민민의 목소리는 맑았다.

"부탁해."

"걱정 마세요."

민민이 파닥거렸다. 둘의 얼굴에는 회심의 미소가 흐르고 있었다. 승우는 구두에 묻은 검불을 떼어냈다. 납골에서 묻어온 모양이었다. 둘은 조금 전, 납골묘역을 다녀왔다. 둘만이 아는 임무가 있었다.

"검사님, 다카시 도착입니다."

잠시 후에 차도형이 문을 열고 들어섰다. 커튼 사이로 보니 다카시가 차에서 내리고 있었다. 전처럼 평검사를 대동한 상태였다.

"데려와."

승우는 다시 자리를 잡고 앉았다.

"당신은 나가 있으시오."

회의실에서 다카시를 맞이한 승우는 평검사에게 문을 가리켰다.

"그렇게 해."

평검사가 주저하자 다카시가 정리를 했다.

"다카시 부장검사!"

"……."

"심히 유감이오."

"……."

그는 허투루 입을 열지 않았다. 그저 눈빛만 내쏘고 있을 뿐.

"명백히 말하자면 이건 코타료와 에이타 만행의 재판(再版)이오. 범행 동기부터 범행 과정까지 전부!"

"피차 법리학적으로 증거가 있는 것만 말합시다."

"다카시!"

창으로 간 승우가 빛을 등지고 돌아보았다.

"약속대로 나츠메 쿠레아는 내주겠소."

"……."

"하지만 커다란 가르침 하나가 따라갈 거요."

"가르침이라……."

다카시는 느긋했다. 그 역시 베테랑 현직 검사. 승우가 증거를 잡았다지만 법정에서는 웃음거리밖에 안 될 일이라는 걸 아는 까닭이었다.

"데려와."

승우가 문 앞에 서 있는 차도형에게 신호를 보냈다. 밖으로 나간 차도형은 쿠레아를 회의실 안으로 밀어 넣었다.

"……."

잠시 정적이 회의실에 맴돌았다. 승우와 다카시, 그리고 쿠레아. 셋만 남은 분위기는 무겁고 어두웠다. 승우는 다카시에게 인수증과 각서를 내밀었다.

〈한국 땅에서 다시는 무속으로 불미스러운 일을 자행하지 않을 것을 약속하고 피해자 송승우와 유정하, 황규리에게 정중히

사과한다.)

요지는 그랬다.

인수자 다카시.

다카시는 망설였다. 무슨 꿍꿍이가 있나 궁리하는 것이다. 하지만 이 정도의 각서로는 별문제가 되지 않음을 확인하고는 이름과 사인을 남겼다. 뒤를 이어 쿠레아도 사인을 했다.

하지만 그들은 몰랐다. 그 허공에 민민이 뜬 것을. 민민 옆에 친디가 버티고 있는 것을.

"가!"

짧은 방심을 틈타고 민민이 친디를 몰아붙였다.

우어엉!

외마디 포효를 타고 토한 두 개의 사음한 빛. 그 빛은 사이 좋게 두 사람의 의식을 파고 들어갔다.

"......!"

쿠레아는 뭔가 기묘한 느낌에 움찔했지만 그뿐이었다. 승우는 창가에 팔짱을 끼고 있고, 다카시는 그녀를 바라보고 있었다. 다카시는 눈살을 찡그리는 그녀를 외면했다.

빠가야로!

눈치 없는 그의 본심이었다. 일을 어떻게 처리했기에 이런 수치와 모욕을 당한단 말인가? 훈방에 대한 보증 형식을 취하고 있지만 명백한 굴욕이었다.

"갑시다!"

굳은 표정의 다카시가 일어섰다. 쿠레아는 주섬주섬 그 뒤를 따라 나갔다.

탁!

문이 닫혔다. 승우가 민민을 돌아보았다. 민민의 손가락이 동그라미를 그렸다. 잘되었다는 사인. 그 말을 확인해 주듯 친디가 우어엉, 포효를 떨쳤다.

"앗!"

그때 민민이 낭패스러운 표정을 지었다.

"왜?"

당장 돌아보는 승우.

"친디가 실수를 한 거 같아요."

"……?"

"내가 분명 남자와 여자에게 서로 다른 잡귀를 씌우라고 했는데 같은 걸 씌웠나 봐요."

"다카시 것을 쿠레아에게? 아니면 쿠레아 것을 다카시에게?"

"둘이 똑같은 거요."

"뭐 그럼 오히려 잘된 건지도."

승우가 웃었다.

"그럴까요?"

"그래. 우린 이제 느긋하게 속보나 기다려 볼까?"

승우는 의자에 등을 기대고 두 팔을 쭉 뻗었다.

이에는 이.

이제는 기다리기만 하면 되었다.

"대체……."

차량에 오른 다카시는 그제야 참았던 분노를 뿜었다.

"죄송합니다."

쿠레아가 고개를 숙였다.

"일단 돌아가서 얘기합시다."

"예. 아무래도… 서둘러야 할 듯합니다."

몸을 꼬던 쿠레아가 입을 열었다.

"서둘러?"

다사키가 고개를 들었다.

"뭔가 이상합니다."

"이상하다니?"

"송 검사 말입니다. 방법을 취한 듯합니다."

쿠레아가 인상을 찡그렸다.

"방법이라니?"

"몸이 좀 이상해서… 부적이라도 붙인 건가 싶어 찾아봤지만 찾을 수 없습니다. 검사님은 어떻습니까?"

"그럼 송 검사가 우리를 그냥 놓아준 게 아니라……. 윽!"

골똘하던 다카시도 머리를 잡고 눈을 치켜떴다.

"몸을 뒤져 보세요. 혹시 모르니……."

쿠레아의 말에 따라 주머니와 양복을 뒤지는 다카시. 하지만 부적 비슷한 것도 나오지 않았다.

"도쿄 공항에 제가 아는 술법사를 불러놓겠습니다. 아무래도 뭔가 이상합니다."

"이, 이런……."

"서둘러야 합니다. 한시 바삐 조국으로 돌아가야……."

쿠레아는 조바심을 달래지 못했다. 어쩐지 가슴이 둥방거리는 것이다. 어쩐지 불길한 전조가 오는 것이다.

'제발……'

그녀는 마음으로 빌었다. 도쿄까지만, 거기까지만 무사히 갈 수 있기를…….

하지만 간절함은 두 일본인을 빗나가고 말았다. 출국장을 나온 면세점 광장이었다. 신호는 다카시에게 먼저 왔다.

'후욱!'

다카시는 뜨거운 입김을 뿜으며 벽에 기댔다.

"부장님!"

평검사가 그를 부축했다.

후욱!

그는 대답하지 못했다. 그의 머릿속은 이미 단순명료한 무엇이 진행되고 있었다. 열이 올랐다. 그리고 그 열은 어이없게도 남자의 중심으로 향하고 있었다.

'이런……'

온몸에 팽팽하게 타오르는 돌연한 기운은 이미 통제불능으로 치닫고 있었다.

"쿠레아 씨도?"

여자를 돌아본 평검사는 아연실색하고 말았다. 두 사람, 거의 비슷한 상태를 보이고 있었다. 그리고 그다음에 일어난 일은 차마 눈을 뜨고는 보지 못할 광경이었다.

'으억!'

평검사는 눈살을 찡그리며 뒤로 물러섰다. 도리질을 해보지만 이 초유의 광경은 진행형으로 치달았다.

"아아아아!"

"아, 아, 아!"

두 사람, 박자만 달랐지 신음도 비슷했다. 말릴 사이도 없었다.

알몸으로 변한 둘은 광장을 침대삼아 합궁을 했다. 울룩불룩 지방으로 볼륨감 가득한 두 사람의 몸매. 아랫배가 나오고 살집이 불룩거리지만 두 사람은 미치도록 둘을 탐닉해 나갔다. 섹스가 아니라 서로를 부수려는 듯이 보였다.

색귀였다.

승우가 그들에게 안겨준 귀국 선물. 원래 색귀는 다카시에게만 선물할 계획이었다. 쿠레아에게 줄 것은 나귀(裸鬼)였다.

승우와 민민은 납골묘역으로 가서 그것들을 수집해 왔다. 두 일본인에게 잘 어울리는 잡귀들. 그런데 친다가 실수를 해버린 것이다.

"우어억!"

"아아아!"

두 색귀에게 몰려든 사람들은 처음에는, 무슨 퍼포먼스가 벌어지는 줄만 알았다. 하지만 이내 그게 아니라는 걸 알게 되었다.

격렬한 탐닉!

풀린 동공!

무지막지한 쾌락의 신음!

그건 쿠레아가 유정하에게 걸었던 색령부에 뒤지지 않았다. 아니, 오히려 더 생생했다. 그곳은 폐쇄된 곳이었지만 여긴 만천하에 개방된 곳이 아닌가?

펑펑펑!

찰칵, 찰칵!

놀고 있을 SNS가 아니었다. 대한민국이 달리 IT 강국인가? 몰려든 수백 명의 사람들은 다카시와 쿠레아의 엽기 섹스 행각을 세계로 타진했다.

이어 공항 경찰이 달려왔다. 대여섯 명이 달려들었지만 그들은 떨어지지 않았다. 오히려, 다카시는 그들을 밀치고 미니스커트를 입은 미국 여자를 덮쳤다. 쿠레아는 공항 경찰을 쓰러뜨리고 지퍼를 내려 물건을 꺼냈다.

공항 경찰의 테이저건을 쏘려할 때, 둘은 약속이나 한 듯 정신이 돌아왔다. 친디가 밀어넣은 잡령들의 효력이 끝난 것이다.

주변을 돌아본 둘은 자신들이 무슨 일을 했는지 짐작이 갔다. 하지만 너무 멀리까지 와 있었다.

경찰이 두 사람의 여권을 압수했다.

―한 사람은 일본 도쿄지검의 엘리트 부장검사!

―또 한 사람 역시 일본인 여성!

죽음보다 더 큰 치욕이 다카시와 쿠레아를 기다리고 있었다.

　　　　　　*　　　　　*　　　　　*

다카시와 쿠레와는 공연음란법 위반으로 불구속 기소된 채 일본으로 돌아갔다. 공항에서 그들을 기다리는 건 어마어마한 기자단이었다.

둘은 졸지에 연인 내지는 내연, 불륜관계가 되었고 마약 복용을 의심받기도 했다. 다카시는 수하들에게 압송되어 마약 검사를 받는 수모까지 덤으로 썼다.

면직!

다음으로 그를 기다린 건 사표였다. 그에게 중책을 주었던 고위간부들과 정부관료들은 해명조차 들으려 하지 않았다.

덕분에 오키나와 위안부 인정 판결도 수긍하고 말자는 분위기로 돌아섰다. 일본 정부는 이제 아주 다른 잔머리를 굴려야만 하는 처지가 되고 말았다.

승우는 사무실에 앉아서 실황중계(?)를 들었다. 시시각각으로 날아드는 SNS는 거의 생방송 수준이었다.

색귀!

무서웠다. 다카시와 쿠레아는 사실 더블헤더 같은 걸 즐길 능력을 진작 상실한 중장년들. 혹 섹스를 한다고 해도 기분이나 내는 정도지 미치도록 탐닉할 나이가 아니었다. 그런데 화면은 모터처럼 폭주를 했다.

"아저씨!"

화면에 몰두할 때 민민이 끼어들었다.

"엇, 너는 보면 안 돼."

미성년자 관람불가.

승우가 선을 그었다.

"쳇, 그런단 말이죠?"

민민이 볼멘소리를 냈다.

"미안. 너도 색귀는 알잖아?"

"그런데 왜 못 보게 해요?"

"……?"

승우, 모순에 빠졌다.

"아무튼 안 돼. 귀신을 아는 것하고 진짜로 거기시를 하는 건 차원이 다르다고!"

입장이 난처해진 승우가 괜히 목청을 높였다.

그때 규리에게서 전화가 들어왔다.

"어, 규리다!"

승우에게는 구세주나 다름이 없었다.

―아저씨, 나쁜 일본 아줌마 뉴스가 나오던데요?

"어, 규리도 봤구나?"

―아저씨가 그런 거죠?

"응? 아니, 민민이……."

―와아, 민민 최고!

"민민, 너 최고래!"

승우는 귀를 세운 민민에게 엄지손을 세워주었다.

―아무튼 다행이에요. 자칫하면 민민 천도 못 하게 될까 봐 걱정했거든요.

"……?"

―뭐예요? 나하고 약속한 거 잊어버린 거예요?

"아, 아니……. 그럴 리가."

―이틀 남은 거 알죠? 저 몸 괜찮아졌으니까 잊지 말고 오세요.

"진짜? 무리하는 건 아니지?"

―그럼요. 꼭 오셔야 해요.

"오케이!"

전화를 끊었다.

"다른 말은 없어요?"

민민이 승우 코앞에서 팔랑거리며 물었다.

"모레 너랑 놀러오래."

"정말요?"

"그럼."

"갈 거죠?"

"가야지. 규리 잘 있나 확인도 하고… 규리가 민민에게 줄 선물도 준비 중이라던데?"

"진짜요?"

"아, 나는 누가 선물 챙겨주는 여자 없나?"

여자?

생각이 거기에 미치자 머리에 충격이 느껴졌다.

오, 마이 갓!

승우에게는 아직 숙제가 남아 있었다. 유정하. 쿠레아가 주술을 건 그림자. 치명적인 건 아니라지만 그냥 두면 어떤 부작용이 나올지도 몰랐다.

'미치겠네. 말도 못 꺼내게 할 텐데…….'

머리를 쥐어뜯으며 전화를 걸었다. 그렇다고 그냥 둘 수도 없는 일이었다.

뚜우뚜우!

신호는 갔다. 전화는 받지 않았다. 몇 번이나 그러다,

―여보세요!

엉뚱한 목소리가 흘러나왔다.

'뭐야?'

돌연한 목소리에 전화를 끊고 마는 승우.

그런데!

디롱디롱당당!

바로 승우의 전화가 울렸다. 승우가 발신한 유정하의 번호였다.

―여보세요!

"……?"

이번에도 그 낯선 목소리였다.

"누구신지?"

승우가 물었다.

—저는 유정하 엄마 되는 사람이에요.

'유정하 엄마?'

두근!

빌어먹을 심장이었다. 죄를 지은 것도 아닌데 갑자기 벌름거리기 시작했다.

—우리 정하랑 아는 분이세요?

"네? 네……."

—그런데 어쩌죠? 우리 정하가 지금 병원에 입원 중인데……

"병원이라고요?"

—예.

"어디가 아파서……?"

승우가 조심스레 물었다. 아플 이유가 있긴 했다. 무지막지한 격투(?) 덕분에 뼈에 금이 갔을 수도 있었다.

—애가 갑자기 머리가 아프다며 쓰러졌어요. 자세한 건 검사 결과가 나와야 안다고 하니 다음에 연락주세요.

머리란다.

"저, 저기요, 잠깐만요."

—왜 그러시죠?

병원을 물어보고 전화를 끊었다.

아뿔싸!

아뿔싸였다. 승우가 한발 늦은 것이다.

"민민, 유정하게에 가봐야겠다. 병원이라는데?"

승우가 양복 상의를 들고 일어섰다. 그때 조기호가 들어왔다.

"썬배님!"

"미안, 나 좀 바빠서……."

"어허, 낭보를 가져왔는데……."

조기호가 승우 팔목을 잡았다.

"낭보?"

"부탁한 거 있잖습니까? 그거 성사시켰습니다."

"차도형과 유 계장님 승진?"

"예, 지들이 안 들어주고 배깁니까? 내가 누군데……."

목이 부러져라 힘을 주는 조기호.

"고마워. 내가 다음에 한잔 쏠게."

승우는 조기호 등을 두드려 주고 복도를 향해 뛰었다.

"썬배님, 썬배님!"

"미안, 비상출동이라서!"

승우는 약발 먹히는 평계를 남기고 사라졌다. 검찰의 비상출동. 그건 지검장이 와도 막을 수 없는 일이었다.

"아, 진짜……. 저 선배님 왜 저러시나?"

혼자 남은 조기호는 쓴 입맛을 다셨다.

"……!"

병원에 도착한 승우는 시작부터 놀랐다. 병실 때문이었다. 유정하가 입원한 병원은 무려 VVIP실이었다. 그제야 그녀가 타고 다니는 차가 생각났다.

노랑 포르쉐. 그 정도 차라면 집안 또한 만만치 않을 터. 병원에서 보니 과연 그랬다.

복도에는 여자 둘이 버티고 있었다. 보기에는 연약하고 부드러워 보이지만 각이 잡힌 자세로 보아 경호원 같았다.

"친구입니다."

승우는 신분증을 제시하지 않았다. 아무 데서나 내밀 정도로 저렴한 신분증이 아니니까. 여자들이 주저할 때 안에서 유정하의 어머니가 나왔다.

"아, 아까 전화 거신 분!"

어머니는 승우를 기억하고 있었다. 덕분에 무사히 병실로 들어섰다.

"그런데 어디서 뵌 분 같은데?"

승우를 따라 들어온 어머니가 고개를 갸우뚱거렸다. 승우는 그대로 유정하에게 다가섰다. 병실 안에는 유정하 말고는 아무도 없었다.

그녀는 창가의 침대에 누워 있었다. 핏기가 없는 얼굴이었다.

'어쩐다?'

쉽지 않았다. 그대로 두면 상태가 더 나빠질 수도 있는 일. 그렇다고 어머니에게 사실을 말하기도 어려웠다.

─댁의 따님은 지금 주술에 걸렸으니 내게 맡겨야 합니다.

거기까지는 어찌 말할 수도 있겠다. 하지만 그 다음은 어떻게 입을 연단 말인가?

(알몸으로 그림자 치료를 받아야 합니다.)

말을 마치기도 전에 밖에 있는 경호원들이 들이닥칠 일이었다. 승우를 창밖으로 던져 버릴 일이었다. 슬쩍 창을 내다보니 땅은 아득하게 멀었다. 무려 1822호였던 것이다.

승우의 시선은 꽃바구니로 옮겨갔다. 바구니 옆에 놓인 몇 장의 명함 때문이었다.

유환철!

이름이 시선을 잡아당겼다. 어디서 들은 이름일까? 예사롭지 않았다. 고개를 갸웃거릴 때 어머니가 손뼉을 치며 소리쳤다.

"어머, 이제 생각났다. 송승우 검사?"

어머니의 손은 승우의 얼굴을 찌를 듯한 기세였다.

"어머, 미안해요. 나도 모르게……."

너무 노골적으로 겨눈 게 계면쩍은 지 얼굴을 붉히는 유정하의 어머니.

"괜찮습니다."

"맞죠? 송승우 검사?"

"예……."

"어머, 어머! 어쩜……. 그럼 말을 하시지."

"예?"

"앉으세요. 어쩐지 어디선가 많이 본 사람이다 했더니……."

"괜찮습니다."

"괜찮긴요. 국민검사 송승우……. 그렇잖아도 쟤 아빠도 검사님 칭찬 많이 하셨어요. 대한민국에 계영춘 이후로 심지 있는 검사 하나 나왔다고……."

"……."

"쟤 아빠가 부총리 지내셨잖아요? 지금은 다시 기업하고 계시지만……."

부총리!

그제야 승우의 머리에서 안개가 걷혀 나갔다. 입안에 차곡차곡 맴돌던 유환철. 재작년에 총리 물망까지 올랐지만 그 스스로 부총리를 내려놓고 혁신기업으로 돌아간 기인이었다.

기인.

그렇게 말하는 데는 여러 일화가 있었다. 그는 원래부터 총리감이었다. 하지만 바른 소리를 입에 달고 살았다. 그랬기에 정권은 그에게 힘을 주고 싶지 않았다.

그러나 맺고 끊는 능력에다 비전까지 갖춘 인물이라 등용하지 않을 수도 없었다. 그 편법이 부총리였다. 그마저도 그는 고사했지만 청와대의 수차례 제의에 관직을 받았다.

이후로도 기행이 끊이지 않았다. 소관부처 업무가 아닌 일에도 정언을 들이댔고, 국무회의에서도 총리와 대통령을 뛰어넘는 식견으로 문제(?)를 야기시켰다.

오죽하면 대통령이 부총리가 출장간 날에 국무회의를 잡는다는 후문이 날 정도였다.

말술을 즐기고, 준프로급의 골프 실력, 궁금한 게 있으면 현장으로 가서 직접 체험을 하고서야 직성을 푸는 기인이었다.

그런 유환철이 유정하의 아버지라니… 딱 어울리는 부녀였다. 피를 제대로 받은 것이다.

"으음……."

그때 유정하의 정신이 돌아왔다.

"어머, 정하야. 정신이 드니?"

어머니가 바로 반색을 했다.

"송 검사님?"

다행히 유정하, 승우를 알아볼 정신은 있었다.

"괜찮아요?"

승우가 다가서며 물었다.

"괜찮아 보여요?"

"……"

"어떻게 됐어요?"

"……"

"엄마!"

승우가 침묵하자 유정하가 어머니를 불렀다.

"왜?"

"미안하지만 좀 나가 있어요. 나 검사님하고 할 말이 있어요."

"애……"

"부탁해요."

유정하는 진지했다. 어머니는 조금 못마땅한 눈치였지만 쭈뼛쭈뼛 문을 나가고 말았다.

"주술인지 뭔지 해결했어요?"

문 닫기는 소리를 들은 후에야 유정하가 말을 이었다.

"예!"

"그런데 내 몸이 왜 이래요? 꼭 물에 젖은 거 같아요. 뼈 아픈 건 저리가라라고요."

"알고 있습니다."

"안다고요?"

"일본인 주술사가 고백했거든요."

승우는 녹음을 틀어주었다. 쿠레아를 심문할 때 확보한 진술 중의 일부였다.

"미치겠네. 안 믿을 수도 없고……."

"……."

"그림자 주술… 부적의 주술……. 진짜 이런 게 실존한단 말이에요?"

"……."

"좋아요. 그렇다고 치고……. 그런데 다 해결했다면서 내 몸은 왜 이래요?"

"부작용이죠."

"부작용?"

"당신 그림자에 건 주술이 가시지 않았습니다. 그걸 씻어내야……."

"어떻게 하는 건데요?"

"그게 좀……."

승우가 말끝을 흐렸다.

"빨리 말해요. 나 지금도 나른해서 미칠 거 같아요. 무슨 약을 먹은 것도 아니고……."

"……."

"또 뭔가 수순이 남았군요?"

"예."

"누가 그걸 하죠? 아까 들으니 일본인 주술사는 걸기만 하지 풀 수는 없다고 한 것 같은데……."

"하는 건 내가 배워왔습니다."

"당신이?"

"예……."

"어떻게요?"

"그게……."

"그냥 말해 버려요. 시간 없잖아요?"

승우가 주저하자 민민이 귀에다 대고 속삭였다.

'미치겠군.'

가슴이 타는 것만 같았다. 동시에 쿠레아에 대한 증오가 고개를 발딱 들었다. 하필이면 이런 주술을 걸다니. 제가 풀 능력도 없이 막 저지르고 다니다니…….

에라 모르겠다.

승우, 별수 없이 진짜, 눈을 딱 감고 묘법을 발설하고 말았다.

"……?"

예상대로 유정하는 입을 쩌억 벌렸다.

"지금 뭐라고 그랬어요?"

다시 질문하는 유정하.

"들은 그대로입니다."

"이……."

유정하, 승우의 따귀를 날릴 듯 몸을 움직였지만 나른한 몸이 말을 듣지 않았다.

"미안하지만 다른 방법은 없습니다. 그것도 서둘러야 하고요."

"그러니까 나보고 홀딱 벗어라?"

"……."

"팬티도 입으면 안 된다?"

"……."

"그것도 모자라 공중에 매달려라?"

"……."

"야, 송승우. 너 변태 아니야?"

참다못한 유정하가 소리를 질렀다. 승우는 황급히 그 입을 막아야 했다.

"사람들 듣습니다."

"들으면 그게 대수야? 지금 그걸 말이라고 하냐고?"

"미안하지만……."

승우는 정중한 태도로 뒷말을 이었다.

"잠깐만 참아주기 바랍니다."

퍼억!

승우의 주먹이 그녀의 명치를 향해 내리꽂혔다.

단 한 방! 한방이면 족했다. 그렇잖아도 나른하던 그녀, 그대로 의식을 잃고 말았다. 양심에 켕긴 승우가 슬쩍 민민을 돌아보았다.

오늘 밤, 잠 못 들 각오도 하고 있었다. 하지만 어차피 다른 방법이 없었다.

창가에 놓인 예비 침대보를 당긴 승우는 그걸 찢어 줄을 만들었었다. 줄을 칸막이에 걸고 당겼다. 견고하지는 않지만 잠시 유정하를 버텨줄 만은 했다.

서둘러 유정하의 환자복을 벗겨냈다. 속옷도 벗겼다. 좋은 일을 하려는 건데 왜 이렇게 떳떳하지 못할까?

"민민, 눈 감아."

승우는 벌벌 떠는 손으로 발목에 걸린 그녀의 팬티를 분리시켰다.

"그러는 아저씨는 왜 눈 떠요?"

"야, 내가 눈 감으면 아무것도 못 하잖아."

"······."

"민민, 부탁해!"

휘적휘적 흰 코끼리를 꺼내든 승우가 소리쳤다. 민민은 훌쩍 날아올랐다. 민민이 코끼리의 육망성 안에서 자리를 잡는 동안 승우도 태을신장의 위세를 빌렸다.

접신! 접신이었다.

후우!

심호흡을 허파꽈리의 끝까지 밀어넣었다. 승우는 유정하의 그림자를 바라보았다. 시선을 그림자의 머리끝에 맞추었다. 다행이 규리를 통해 이미 경험한 일……

"민민, 가자!"

후우웅!

승우의 신력이 먼저 불꽃을 튕기는 걸 신호로 민민의 숭고한 빛이 뒤를 이었다.

최악을 생각하면 최상.

승우는 생각했다. 어떤 주술의 해제는 음모 세 개를 뽑아야 하는 것도 있다. 방앗공이를 여자의 그곳에 밀어 넣어야 풀리는 해괴망측한 비방도 있었다. 그러니 그런 것보다는 천만 배나 나은 것이다.

"와아아앗!"

두 개의 신통력이 그림자의 정수리를 쪼자 그림자의 중심이 꿀럭거리기 시작했다.

'부푼다!'

쿠레아의 말대로 유정하에게 걸린 주술은 규리에 비하면 애들 장난이었다. 몇 번 꿀럭거리던 주술은 펵 하고 손을 들고 말았다.

"소멸했어요!"

그림자 위로 날아간 민민이 소리쳤다. 동시에,

똑똑!

노크소리가 들려왔다.

"누가 왔나 봐요!"

민민의 소리가 또 이어졌다. 승우는 미친 듯이 줄을 풀었다. 그런 다음 그녀를 침대 위에 고스란히 돌려놓았다.

"옷이요!"

완전 허겁지겁이다. 여자의 속옷, 벗긴 적은 있어도 입힌 경험은 없었다. 발가락에 걸리고 난리도 아니었다. 어찌어찌 겨우 수습을 한 승우, 문으로 달려가 문을 열었다.

"문이 잠겨 있었나 본데요?"

문을 열며 둘러대는 승우. 다행히 유정하의 어머니는 별 의심 없이 안으로 들어섰다. 더욱 다행인 건 유정하도 다시 정신이 돌아왔다는 사실.

"내가 핸드폰을 두고 갔지 뭐니? 더 나가 있으런?"

작은 테이블 위에 놓인 전화기를 집어든 어머니가 입을 열었다. 유정하는 대답하지 않았다. 그녀는 몸을 이리저리 뒤척이며 확인하느라 바빴다. 그러다 확인이 끝났을까?

"엄마!"

목청을 높이는 유정하.

"얘, 아픈 애가 왜 소리를 지르고 그래?"

어머니가 걱정스러운 얼굴로 다가섰다.

"나 이제 괜찮아요. 퇴원 수속 밟아주세요."

"정하야……."

"괜찮다니까요. 봐요, 몸에 힘이 빵빵하게 들어왔어요."

유정하는 확인이라도 시키려는 듯 팔을 휘저어 보였다.

"진짜 괜찮아?"

"괜찮대도. 빨리 퇴원 수속……."

유정하는 서랍을 당겨 사복을 꺼내 들었다.

"그럼 좀 기다리렴. 내가 가서 오 박사님 모셔올게."

어머니는 다시 병실을 나갔다.

"저도 그만……."

승우는 어머니를 뒤따라 슬그머니 돌아섰다.

"우린 아직 계산이 남았죠."

그러자 그녀의 손이 승우의 목덜미를 낚아챘다.

"……?"

"비방 쓴 거예요?"

"예……."

"남김없이 벗겼어요?"

"예……."

"저게 나 매달은 줄이고요?"

그녀의 손이 쓰레기통에 둘둘 말려 처박힌 침대보 줄을 가리켰다.

"예……."

"폰!"

그녀가 손을 내밀었다.

"……."

"몰카라도 찍었나 보려는 거예요. 요즘 믿을 사람이 있어야 말이죠."

승우는 군소리 없이 핸드폰을 넘겨주었다. 확인을 끝낸 유정하의 손이 부웅 바람을 갈랐다.

쫘악!

파열음.

파열음이 이어져야 했다. 그녀의 손이 날아온 방향이 얼굴이기 때문이었다. 그런데… 그녀의 손은 부드럽게 승우의 볼에 닿았다. 양손이었다.

"……!"

승우가 얼떨떨하는 사이에 그녀의 입술이 다가왔다. 작렬한 곳은 승우의 이마였다.

"고마워요!"

딱 한마디를 하고, 그녀는 승우를 밀어냈다.

휴우!

숨을 돌릴 때 지정의가 들어섰다.

휴우!

밖으로 나온 승우는 한 번 더 안도의 숨을 쉬었다. 수사보다 무서운 일이었다.

여자 몰래 속옷을 입히는 일. 다시는 경험하고 싶지 않았다. 그 반대라면 또 몰라도.

4장
죽은 심장의 눈물

집으로 돌아와 침대에 누웠다. 진이 죄다 빠졌다.

캔맥주나 한 캔 때리고 잘까?

냉장고로 가다 달력과 눈이 마주쳤다.

응?

승우는 눈을 감았다 떴다. 그런 다음 달력을 짚었다. 갑자,
을측… 경신, 신유…….

경신!

거기서 시선이 굳었다. 경신일이 지나갔다. 어제였다.

그러니까 내일! 내일이었다.

규리가 말하던 약속. 민민을 천도하자던 날. 경신일 다음에 날을 잡은 건 부적 때문이었을 것이다.

어린 그녀는 이미 민민을 위한 부적을 완성했을 것이다. 바로, 어제!

벼락처럼 민민을 돌아보았다. 민민은 침대에서 장난을 치고 있었다. 혼자 침대 모서리를 달리다 가운데를 향해 점프한다. 그런 다음 또 달린다.

혼자 노는 법까지 배운 민민이었다.

'민민······.'

몇 바퀴를 돌고는 침대를 뒹구는 민민을, 승우는 소리 없이 돌아보았다. 아이였다. 영락없는······. 그러나 아이면서 아이가 아닌 아이······.

목마름이 싹 가셨다.

오늘은 유정하를 돕고 왔다. 그녀에게 걸린 주술을 깼다. 하지만 정작 마술(魔術)을 깨줘야 할 존재는 가까이 있었다.

민민······.

민민이 해맑게 뛰어놀 자리는 저 침대가 아니었다. 솔로의 홀아비 냄새 뭉청 배어나는 곳이 아니었다.

뮤뮤······.

그녀를 생각했다. 그녀가 목숨으로 바꾼 민민의 혼. 그러나 그녀가 정말 원한 건 민민이 길 잃은 혼으로 머물길 바란 건 아니었을 것이다.

그녀로서는 급한 불을 껐던 것. 그다음 불씨를 승우가 살려주기를, 그리하여 그 불티가 하늘에 닿기를 원한 것이다.

그러니까……

젠장!

이별이었다.

'어쩌면……'

내일!

규리가 천도제에 성공하면 오늘이 민민과 마지막 밤이 되는 것이다. 물론 쉽지는 않았다. 천하의 규리라고 해도 민민은 그냥 잡령이 아니었다.

미얀마 무속에 더해 한국 무속의 저주가 걸린 셈이다. 이강순의 욕심이 만든 일그러지고 뒤틀린 저주.

규리도 처음부터 말했다. 이건 자기 능력으로도 천도할 수 없다고.

그런데도 천도를 제의했다. 안타까운 마음 때문일 것이다. 그녀도 민민을 좋아하지만 좋아한다고 그저 영령으로 두는 건 치졸함에 속한다.

좋아하면, 그가 더 잘될 수 있는 길로 인도해야 옳은 것이다.

언제나 규리에게 배우는군.

정말 그랬다.

승우는 냉장고에서 돌아섰다. 그런 다음, 민민처럼 훌쩍 몸을 날려 침대에 떨어졌다.

"놀랐잖아요!"

풀썩 솟구치던 민민이 볼멘소리를 냈다.

"진짜?"

"네!"

"신물 코끼리도 다스리면서 뭘 소심하게……."

"뭐 그런다고 안 놀라는 줄 아세요?"

하긴 그렇다. 검사라고 총칼이 무섭지 않은 건 아니다.

"민민!"

승우가 손바닥을 내밀자 민민이 하르르 올라섰다.

"갑자기 표정이 왜 그래요?"

"잠 안 올까 봐 걱정되어서……."

"나 몰래 나쁜 짓 했어요?"

"응!"

승우가 고개를 끄덕거렸다.

"으응, 그 아줌마에게 해코지 했구나?"

"누구?"

"아까 병실의 그 아줌마요."

민민이 눈을 흘겼다.

"그건 아니고……."

"그럼 뭐요?"

"너한테!"

"나한테요?"

"민민 엄마 보고 싶지?"

"……."

"할아버지도?"

"……."

"어쩌면 곧 보게 될지도 몰라."

"어떻게요?"

민민의 빛이 발광을 정지했다.

"규리가 도와준대."

어차피 알게 될 일. 더 숨기는 것도 우스운 거 같아 이실직
고를 해버렸다.

"규리가요?"

"응, 그것도 내일!"

"몰랐어요."

"좋지?"

"……."

"엄마 만나면 뭐라고 말할래?"

"몰라요."

"왜? 하고 싶은 말 없어?"

"너무 많아서요."

"그렇구나."

"……."

"이제 냄새나는 아저씨랑 같이 안 있어도 되니까 좋지?"

"아저씨는 좋으세요?"

"글쎄……."

대답하지 못하고 승우는 시선을 천장으로 돌렸다. 천장에서 그동안의 일들이 주마등처럼 스쳐 갔다. 초고속으로 감기는 영상은 매순간 감동과 긴장의 연속이었다.

민민이 없었다면?

'나는 지금 무엇을 하고 있을까?'

아마 여자를 끼고 있을 것이다. 술을 빨고 있을 것이다. 누군가 아부를 떠는 빠라끌리또와 마주 앉아 쥐꼬리만 한 권력을 누리며 접대를 받고 있을 것이다. 그리고 그 저렴한 사치를 지상 최대의 행복으로 생각하고 있을 게 뻔했다.

"아무튼 나 괜찮았지?"

승우, 괜히 뻐근해진 목을 참으며 민민을 바라보았다.

"네!"

민민은 한마디로 대답했다. 왠지 서운한 생각이 들었다.

"오늘은 내 가슴팍에서 자."

"……."

"싫어?"

"그렇게 할게요."

"그리고 엄마 만나면 할 말 생각해 둬. 단, 내 흉은 보지 말고."

"흉 안 봐요."

"자자!"

할 말이 많은 밤이었다. 그런데 할 말이 너무 많다보니 말이 나오지 않았다. 울컥하다가 목으로 넘어가는 것이다. 할 말이 너무 많을 때는 침묵하는 게 옳은 모양이었다.

'나도 진짜 어른이 되어 가나?'

승우는 가만히 눈을 감았다. 그리고 잠이 들었다.

승우가 잠들자 민민이 가만히 승우 가슴에서 날아올랐다. 그 날갯짓은 승우 방의 곳곳으로 향했다. 침대 아래에서 베란다까지, 그리고 목욕탕까지. 민민은 확인하고 있었다. 승우와의 모든 시간, 모든 기억…….

비행을 끝낸 민민은 허공에서 승우를 내려다보았다. 푸른빛이 하르르 떨었다.

민민도 알고 있는 걸까?

어쩌면 다시는 이 방을 보지 못할 수도 있다는 걸?

그래서 그리움을 그 시선에 또렷이 담아두고 있는 걸까?

이윽고 낮은 숨을 몰아쉰 민민, 다시 승우의 가슴팍 부근에 앉았다.

　민민에게도 아까운 시간들. 그 시간이 야속하게 깊어가고 있었다.

＊　　　　＊　　　　＊

　"어, 차 수사관!"

　단양으로 향하는 길이었다. 이틀 연가를 낸 승우는 휴게소에서 전화를 받았다.

　—검사님, 지금 어디세요?

　차도형의 목소리는 처음부터 높았다.

　"비밀. 오붓하게 데이트 중이야."

　—에이, 거짓말 마시고 자수하세요?

　"진짜라니까!"

　—아, 진짜……. 그러셔도 되는 겁니까?

　"또 왜?"

　—방금 검찰 직원들 승진 발표가 났잖아요.

　"어? 그래. 누가 승진했어?"

　시치미를 떼고 물었다. 전 같으면 미리 생색을 내며 한 턱 내라고 쪼았을 일이지만 승우는 일절 내색조차 않고 있었다.

―유 계장님하고 저하고 승진했습니다. 이거 검사님 작품이죠?

"축하축하!"

―검사님!

"열심히 일해서 승진한 거야. 차 수사관도 승진할 때 됐잖아?"

―아, 이런 날 소주라도 한 잔 올려야 하는데 어디로 튀셔서…….

"미안, 올라가면 오지게 마셔줄게."

―잠깐만요, 유 계장님이 바꿔 달라시네요.

전화기가 유 계장에게 넘어갔다. 내용은 차도형과 유사했다. 그 역시 하마평에도 오르지 않은 까닭에 전혀 승진을 기대하지 않던 터였다.

더구나 몸이 아파 장기 입원까지 했던 몸이 아닌가? 하지만 그것만 빼면, 그는 승진할 자격이 있는 사람이었다.

―고맙습니다. 열심히 보좌하지도 못했는데 이런 선물을…….

마지막 말은 기어이 승우를 울컥하게 만들고 말았다.

"출근하면 한 턱 단단히 낼 각오하세요."

승우는 축하의 말을 전하고 전화를 끊었다.

휴게소 앞의 강에서 불어오는 바람이 상쾌했다. 낮은 계곡을 타고 전해오는 게 꼭 천상의 노래 같다. 이제 얼마 후면, 민민이 저 바람을 타고 하늘로 갈지도 모른다. 그러고 보니, 차도형과 유 계장은 각오해야 할 것 같았다.

오랜만에 코가 삐뚤어지도록 마셔야 할 순간이 다가오는 것이다.

조금 더…….

조금 더 머물고 싶었다.

이 아름다운 공기와 자연 속에서 민민과.

어째서 간절함의 순간들은 이토록 짧은 걸까?

순간, 한 여자가 다섯 살 남자아이를 데리고 차에서 내렸다. 귀엽고 앙증맞았다. 그녀가 아이를 가슴팍까지 안아 들었다. 정말이지 질투가 났다.

민민에게도 저런 실체가 있다면. 그리하여 인간의 애정을 나눠줄 수 있다면… 잠시라도, 아주 잠시라도…….

디롱롱디로롱!

승우의 애절함은 규리의 전화가 깨버렸다.

"준비 끝났어요, 빨리 오세요!"

이제는 상상할 여유도 없었다.

사실 천도할 확률은 절반도 안 되는 상황. 그럼에도 불구하고 마음은 낮은 확률로 쏠렸다. 그게, 민민을 위하는 길이기 때문이었다.

규리가 판을 펼친 곳은 깊은 숲이었다. 울창하고 빼곡한 나무가 하늘을 가린 곳. 그녀는 그곳을 '이저승길'이라고 했다. 이승과 저승이 연접하는 곳이라는 의미였다.

민민은 그 말을 알아들었다. 승우의 눈에도 보였다. 아수라 백작의 얼굴 같은 경계⋯ 아슴하지만 그게 느껴졌다.

"그리고 이거."

규리가 미리 구해온 혼백 상자를 내려놓았다.

인도자였다.

민민은 첫 기회를 놓쳤다. 천상으로 가는 기회를.

육체를 이탈한 영령에게는 천상의 문을 여는 기회가 주어진다. 그걸 이강순이 사악한 무속으로 막아버렸다. 그렇기에 강력한 촉매를 붙이려는 것이다.

규리는 궁리를 많이 한 것 같았다.

노력도 마찬가지였다. 그녀가 펼친 부적은 이미 지상의 그것이 아니었다. 신력, 천상의 신력이 느껴졌다. 천상의 문을 여는 열쇠의 기운을 담고 있었다.

규리는 그걸 민민의 빛에 대고 원을 그렸다.

부적은 합(合)이자 신(信).

차신과 피신을 합하는 것이자 이 기와 저 기의 합일을 뜻한다. 신과 기는 무형이지만 규리의 부적에서는 탱탱한 형상이 느껴졌다. 신과 신의 강림. 규리의 혼이 깃든 부적이니 어떤 신도 응하지 않을 수 없어 보였다.

"민민, 잘할 수 있지?"

규리가 따지듯 물었다. 민민은 착하게 고개를 끄덕였다. 당찬 시선의 규리는 민민의 눈물 따위는 보지 않았다.

그녀는 지금, 그냥 어린 또래가 아니라 영령의 구원자였던 것이다. 전지전능한 구원자.

"돌아보지 말아야 해!"

어떤 일이 있어도.

다시 한 번 다짐을 놓는다. 민민은 또 고개를 끄덕인다.

"끝까지 전진이야. 네 손에 닿은 문이 완전히 열릴 때까지!"

응!

또 한 번 고개를 끄덕이는 민민.

"시작해요!"

다짐을 받은 규리가 팔짝 청풍댁 앞으로 돌아섰다. 그녀가 두 팔을 벌린다. 청풍댁은 규리에게 꽃갓과 철릭을 준비해 주었다. 규리가 장구 앞으로 나섰다. 오늘 동원된 사람은 모두 여섯. 완전한 굿판이었다.

두둥!

장구소리가 공간을 울리자 규리는 승우를 바라본 후에 굿판으로 돌아섰다. 빼곡한 나무 아래로 아슴푸레 이어지는 길.

규리의 시선은 그 길에 꽂혀 있었다.

'민민, 안녕!'

승우는 입속으로 그 말을 반복했다.

밍글라바!

괜히 그 단어도 스쳐 갔다.

좋은 시절은 반드시 지나간다. 아무리 아름답다고 잡아둘 수는 없다. 누구든 마찬가지다. 승우는 아쉬움을 그렇게 달랬다.

규리가 폭주하고 있었다.

기운차고 강력했다. 그야말로 접신 이상의 접신이었다.

한바탕 굿판을 돌아 단숨에 초부정거리에 도달한 규리는 그녀의 능력으로 감당할 수 있는 모든 신을 불러내었다.

몸의 진동과 눈빛은 이미 인간을 초월했다. 그녀의 오감은 신들과 소통하고 있었다.

천지의 진동!

그리고 규리의 진동!

두 진동의 주파수가 일치되었다.

다이모니온!

유교에서 말하는 천명. 기독교가 말하는 하나님의 음성. 인간의 심금을 울릴 수 있는 경지. 그 경이에서 마지막 과정인 신안(神眼)을 연 규리가 두 손을 들었다. 혼백 상자가 열리고,

민민을 인도할 인도 영령이 새어 나왔다.

가거라!

규리의 신안이 위엄을 뿜으며 저승길을 가리켰다. 그녀에게
는 이미 오롯한 길. 신의 지시를 따라 인도 영령이 날아갔다.

나풀!

민민의 영령이 따라 오르면 끝이었다. 그저 날아오르기만
하면 되었다.

하지만!

민민은 움직이지 않았다. 규리는 남은 신력을 퍼부어 민민
의 등을 밀었다. 인도 영령도 민민의 팔을 잡아 당겼다.

가!

가라고!

제발······.

밀다밀다, 결국 규리가 쓰러졌다.

"저 아이······. 짐작은 했지만 심히 괴이하군. 규리가 혼을
걸고 접신한 힘에도 움직이지 않으니······."

지켜보던 상주보살이 머리를 저었다. 그게 신호였다.

포기!

청풍댁이 다가가 규리를 업었다.

"아저씨!"

짧은 동안에 반쪽이 된 규리가 청풍댁 등에서 승우를 바라

보았다. 땀에 젖은 몸은 흡사 수분덩어리처럼 보였다.

왜?

"민민의 천도는 포기예요. 차라리 다른 방법을 찾는 게 나을 것 같아요."

승우는 그 말과 함께 민민에게 다가섰다.

"민민은 이 세상에 미련이 있어요. 그래서 떠나지 못한다고요."

미련?

규리는 그 말을 남기고 멀어졌다. 승우가 돌아보지만 우직한 청풍댁은 돌아보지 않았다. 그녀의 걸음을 따라 규리는 아주 사라져 버렸다. 승우의 시선이 상주보살에게로 옮겨갔다.

"미친년이 되는 대로 씨부리네……."

상주보살이 웅얼거렸다.

"아저씨……."

민민은 풀이 죽은 모습이었다.

"왜?"

"미안해요."

"뭐가?"

"……."

"솔직히 나는 좋은데?"

승우가 웃었다.

"정말요?"

"응, 사실 민민이 안 갔으면 하는 마음이었거든."

승우, 하지 말아야 할 말을, 하고 말았다.

"아저씨!"

민민이 승우 품을 파고들었다. 승우의 말은 진심이었다. 그래서 죄책감도 일었다.

승우에게 그런 생각이 있어서, 그래서 부정이 타서 민민이 천도되지 못한 것인가 하는… 그렇기에 슬프면서도 기쁜 승우였다.

민민이 하늘로 가지 못한 건 마음이 아팠지만 곁에 남는다는 건 해피한 일이었다.

속물!

그런 승우였다.

"가세요!"

상주보살의 집으로 가자 겨우 정신을 차린 규리가 새침하게 말했다.

"민민하고 안 놀고?"

승우가 물었다.

"지금 맥 다 풀려서 말할 기운도 없거든요."

"규리야!"

"왜요?"

"아까 그 말 말이야……."

"뭐요?"

"차라리 다른 방법을 찾는 게 빠르겠다는 거……."

"나중에 얘기해요."

규리는 힘이 드는지 마루에 발랑 누워버렸다. 그야말로 기진맥진이었다.

"민민, 인사하고 가자."

승우의 말을 들은 민민이 규리에게 날아갔다. 민민은 규리의 어깨를 톡톡 두드려 인사를 남겼다.

"겨우 그거야? 규리가 너를 위해 얼마나 애를 썼는데?"

승우가 한마디 하자 민민은 규리 이마에 뽀뽀를 해주었다. 살짝 힘이 깃든 규리가 두 손을 내밀었다. 민민은 그 손에 올라앉았다.

"실망 안 하지?"

규리가 물었다.

"응!"

민민은 고개를 끄덕인다.

"더 좋은 방법이 있을 거야."

"응!"

"내가 또 찾아볼게."

"응!"

규리가 손을 풀어주자 민민은 다시 승우에게 돌아왔다.

부릉!

시동을 걸던 승우가 민민을 돌아보았다.

"왜요?"

"아니, 그냥!"

승우는 혀에 걸린 말을 목으로 밀어 넣었다. 규리는 말했었다. 민민에게 이 세상의 미련이 남은 것 같다고. 그건 규리일까 아니면……

승우는 힘차게 페달을 밟았다.

다음 날 승우는 꽃다발을 사들었다. 낮은 휘파람으로 별관 문을 열던 승우는 놀라고 말았다. 이른 시간임에도 불구하고 수사관들이 전원 출근해 있었다. 수사관들 사이로 남자가 보였다. 낯선 사람이었다.

"검사님!"

가장 먼저 반응한 건 차도형이었다.

"받아, 콩그레츄네이션."

짧은 인사와 함께 꽃다발을 건네주었다.

"무슨 일이야?"

"고맙습니다."

유 계장도 꽃다발을 받아 들었다. 그의 책상에 가득한 축하 화환들. 하지만 이 낯선 방문객은 축하객 같지는 않아 보였다.

"저 좀 잠깐 보시죠."

유 계장이 승우를 창가로 끌었다.

"저기 저분… 의사입니다."

"의사?"

"노윤종이라고 아시죠? 그분 소개로 왔다고 하더군요."

노윤종.

모를 리 없다. 실험 고양이의 한 때문에 곤란을 겪은 의사가 아닌가?

"어제 전화가 왔었는데, 아무래도 직접 들어야 할 일 같아 검사님 오시기 전에 우리가 사건 파악이나 해둘까 하고……."

"무슨 사건인데요?"

"저분이 며칠 전에 심질환 응급환자를 받았답니다. 사고로 심장에 급격한 이상 반응이 생겨 급사 위기에 몰린 환자였는데……."

"……?"

"그게 가슴을 열어 보니 심장이식을 받았는데 수술 기법이 이상하다고……."

"장기밀매라도 된다는 건가요?"

"그것도 문제지만 더 큰 문제는 그게 의료기관이 아니라 야매로 수술한 것 같다는 겁니다."

야매!

정식 통로가 아니라 뒷거래 행위를 이르는 말. 말하자면 병원에서 의사가 정식으로 한 게 아니라 편법으로 수술을 했다는 의미였다.

쌍꺼풀이나 코를 높이는 성형도 아니고 심장 수술이다. 그걸 병원이 아닌 곳이나 무면허자가 했다는 건 엄청난 파장이 일 일이었다.

"회의실로 모시세요."

승우가 웃옷을 벗었다.

"노윤종 교수님이 제 선배십니다."

유 계장과 셋이 회의실에 앉은 의사가 입을 열었다. 그렇다고 같은 병원에 근무하는 건 아니었다. 어쩌다 동창모임에서 만나 술잔을 나눈 내과의사 정승일. 평소 듬직하던 선배라 찜찜한 그 얘기를 털어놓게 되었다.

"송 검사를 찾아가 보게."

신뢰하는 선배가 해준 말. 정승일은 그 말에 끌렸다. 그래서 상담전화를 하고 방문한 길이었다.

"어떻게 이상하다는 건지 자세히 말씀해 주시죠."

승우는 편안한 소리로 물었다. 제보자의 마음을 편하게 해주는 것. 그 또한 더 많은 정보를 끌어내는 지름길이었다.

"그 환자는 처음부터 이상했어요. 지병이나 사고 등에 대해 전혀 말을 안 하는 거예요. 심장이 그 지경인데도 말이죠. 겨우 한다는 말이 중국에서 심장수술을 한 적이 있다고만……."

정승일이 기억을 더듬어 나갔다.

"그런데 자기가 무슨 병인지 왜 수술을 했는지도 말을 못해요. 별수 없이 가슴을 열었는데……. 맙소사, 그걸 19세기 수술이라고 해야 하나? 보아하니 한두 달 전에 심장이식을 받은 것 같은데, 봉합기술은 제법 뛰어나지만 완전히 주먹구구식 수술이었거든요."

"……."

"그러고는 이틀 후에 사망했는데……. 아무래도 찜찜하단 말이죠. 제가 보기엔 있을 수 없는 일이거든요."

"경찰에 신고는 했나요?"

"예. 가만 보니 보호자가 없더라고요. 그래서 별수 없이……."

"찜찜한 건 어째서죠?"

"그건… 뭐랄까? 초기 내과 의사들이 심장이식을 실험한 수준이랄까? 21세기의 의사라면 절대 그렇게 조악한 수술은 있을 수가 없습니다."

"……."

"정확한 사연이야 제가 모르지만 어쩐지 살인과 연관이 있을 것 같아서……."

"살인이라면?"

"강제 장기 적출 말입니다."

강제 장기 적출!

사람을 잡아다 장기를 빼고 죽여 버리는 일. 중국에서도 한국에서도 괴담으로는 꾸준히 떠도는 일이었다. 이름하여 통나무.

통나무?

그건 괴담이다. 말이 되지 않는다. 중세도 아니고 21세기의 대한민국이었다.

"게다가 결정적으로……."

호흡을 고른 의사가 천천히 뒷말을 이었다. 그게 승우에게 치명타를 안겨주었다.

"이 심장이 멈췄다가, 완전히 멈췄다가 잠시 다시 뛰었는데 신음소리 같은 걸 냈어요. 끼이이, 끼이이……. 한 스무 번쯤 되려나. 다른 것도 아니고 심장이 말입니다."

$*$ $*$ $*$

끼이이! 끼이이!

심장이 냈다는 괴이한 신음. 그게 귀에 밟힌 승우, 결국 의

사를 따라 병원으로 향했다. 정승일이 근무하는 병원도 종합
병원이었다. 그는 시체 안치실로 승우를 인도했다.

"꺼내세요."

의사가 말하자 안치실 직원이 안치함을 열었다.

"……!"

승우의 미간이 단박에 일그러졌다.

영기… 영기가 있었다.

가닥을 당겨보니 하나가 아니고 두 개였다.

한 사람의 주검에 얽힌 두 개의 영기. 그렇다면 정승일의 말
이 맞았다. 죽은 자의 심장은 그의 것이 아니었다.

후움!

신력을 높이자 다른 영기의 실체가 엿보였다. 남자가 아니
라 여자였다. 살짝 늙은 중년의 여자…….

남자 안의 여자 심장!

공식적인 경로를 통한 이식이 아니라면 결론은 하나.

초대형 사건이 틀림없었다.

"권 수사관!"

승우는 동행한 권오길에게 사체부검 영장 신청을 지시했
다. 이번에는 촉이고 뭐고 없었다.

사무실로 돌아온 승우는 신고를 접수한 경찰을 호출했다.
늙은 경사는 석 반장과 안면이 있는 사이였다.

"어, 석 반장님!"

경찰이 먼저 반색을 했다.

"어이구, 늙은 독수리가 아직도 붙어 있네 그려?"

석 반장이 다가와 악수를 청했다.

"여기 근무합니까?"

"그렇게 됐어. 늘그막에 파견을 나왔지 뭔가?"

"어우, 출세하셨네."

"출세는 무슨. 앉으시게."

석 반장은 경찰에게 자리를 권하고 승우를 돌아보았다. 서류를 검토하던 승우는 잠시 미뤄둔 채 테이블로 내려왔다.

"송승우입니다."

"아, 예……."

경찰은 조금 위축되어 있었다. 참고사항을 위한 호출이라지만 달가울 리 없는 검찰 방문이었다.

"송송병원에서 사망자 신고 들어온 거 있죠?"

"예."

"신원 파악 되었습니까?"

"예……."

경찰이 뒤적, 서류를 꺼내놓았다.

진혁균.

당 44세.

미혼에 주소는 경기도 화성시로 되어 있었다. 승우는 다음 장을 넘겼다. 출입국 기록을 찾으려는 것이다.

"출입국 기록은 조회 안 했나요?"

"했습니다만 없던데요?"

"없다고요?"

"예, 의사 말이 중국이 어쩌고 하길래 해봤는데, 외국이라고 는 대마도도 안 나가본 사람이더군요."

"그래요?"

승우가 고개를 갸웃거렸다. 첫발부터 살포시 헛발질. 상쾌 하지는 않았다.

"거처나 직업은요?"

"그 사람 거처에 들렸다오는 길인데… 작은 건물의 지하실 에 세 들어 사는 사람이라 주변 사람들도 잘 모르더군요. 직 업은 일정치 않았던 모양이고……."

"전화도 확인했나요?"

"그게……. 그 사람 명의로 된 전화는 없더군요."

"전화가 없다?"

대포 전화가 의심되었다.

"그래서 집 안 좀 살펴봤는데 다른 핸드폰도 보이지 않았습 니다."

승우의 속내를 간파한 경찰이 대답했다.

"신용카드 같은 것도 없었나요?"

"예. 완전 아날로그적 인간인지, 아니면 신용이 안 돼서 그런 건지……."

"집 안 분위기는 어땠어요?"

"그저 그랬습니다."

"이 사건… 어떻게 파악하고 대처하는 겁니까?"

"사건요? 저는 그냥 사체 인도할 연고자 찾으려는……."

"……."

"……."

시선이 마주치자 경찰은 고개를 떨어뜨렸다.

"이 사건은 살인 사건과 연관되었을 수도 있습니다."

"……?"

그 말에 놀란 경찰이 파뜩 고개를 들었다.

살인 사건!

그 놀라움은 경찰에게도 예외는 아니었다.

끼이익!

두어 시간 후에 승우는 진혁균의 집 앞에 도착했다. 동행한 사람은 경찰과 석 반장이었다.

"여깁니다."

경찰이 진혁균의 집을 가리켰다. 그런 다음 빌딩 주인에게 달려가 비상키를 받아왔다.

딸깍!

계단과 거의 맞붙은 진혁균의 방문이 열렸다.

"……!"

승우의 촉이 고개를 들었다. 심장의 느낌……. 병원 안치실에서 본 다른 사람 심장의 느낌이 방 안에 남아 있었다. 여기서 죽이지는 않았다. 하지만 여자가 여기 있었던 것만은 확실해 보였다.

"여자요?"

잠시 불려온 빌딩 주인이 눈을 동그랗게 떴다.

"예, 중년의 여자입니다."

승우가 물었다.

"글쎄요. 여기 세입자는 얼굴도 보기 힘든 사람이라서……."

"석 반장님, 여기 경찰분하고 같이 이 근처 CCTV 뒤져서 한두 달 전의 화면 좀 확보하세요."

승우가 따로 지시를 내렸다.

동시에 감식반도 불려왔다. 감식반은 뜻밖의 단서를 찾아냈다. 출처는 싱크대 위에 처박힌 가방 안이었다. 거기서 나온 수술용 장갑에서 혈흔 반응이 나왔다.

한 명의 것이 아니었다. 그러나 그 밖의 단서는 없었다. 아무것도 없었다.

사무실로 돌아온 승우는 전국 경찰에 무연고 사체나 행불자 상황을 보고하도록 요청했다. 대상은 50대 전후의 여성이었다. 변사체는 없었지만 행불자 신고는 세 명이나 있었다.

오후 늦게 석 반장이 화면을 들고 들어왔다. CCTV에서 단서를 잡은 모양이었다.

"이겁니다요."

석 반장이 내민 화면에 여자가 있었다. 진혁균과 나란히 걷는 모습. 날짜를 보니 한 달하고도 일주일 전이었다.

화면을 검토할 때 천만다행하게도 진혁균을 아는 지인이 수배되었다. 그는 승우가 원하는 단서를 제공해 주었다.

"혁균이 그놈은 심장이 안 좋았습니다."

친한 사람은 아니었다. 그러나 한때 컨설팅 일을 함께한 사람. 지병이 있다는 정도는 알고 있었다. 컨설팅이라는 건 알고 보니 기획 부동산이었다.

누군가 작업할 땅을 찜하면 일정 부분 지분을 떼어 받고 호구나 물주를 찾아 덤터기를 씌우는 역할. 그러다 보니 이동이 잦아 주거가 일정치 않은 모양이었다.

그나마 부동산 경기가 바닥을 치자 그 일을 그만두었다. 지인은 그 후로 진혁균과 만나지 않았다고 했다.

화면에 나타난 여자의 신원이 나왔다. 진혁균의 집에서 뜬 지문의 효과였다.

여자는 김성애.

나이는 52살에 무직이었다.

그녀를 실종 신고자들 편에 확인을 했다. 승우의 운은 거기까지였다. 여자는 신고된 사람이 아니었다.

실망했지만 바로 떨쳐 버렸다. 단서와 증거에 일희일비하는 건 검찰과 경찰의 숙명이기도 했다.

이제는 김성애의 가족을 따로 수배하는 수밖에 없었다.

그런데 그 와중에 지방에서 엄청난 사건이 신고되었다.

인적이 드문 야산 중턱에서 변사체가 나온 것이다.

변사체로 보기에도 참혹한 사체. 사체를 찾아낸 건 사냥꾼들이었다. 농작물 폐해로 의뢰를 받은 사냥꾼들. 사냥개를 앞세워 멧돼지와 고라니를 잡으러 나섰다가 혼비백산을 했다.

사냥개들이 컹컹컹, 앞발로 파낸 흙속에서 사람 손이 보인 것이다. 사람의 시체였다. 더 놀라운 건, 이 사체의 알맹이가 하나도 없다는 것이었다. 나아가 손가락의 지문까지 상당 부문 훼손.

눈도 없고, 내장도 없었다.

간, 폐, 신장, 심장 등의 내장이 텅텅 비어져 있었다.

"연관 가능성이 있는뎁쇼?"

경찰 수사 자료를 본 석 반장이 승우의 측에 동의를 했다. 유 계장과 차도형도 그랬다. 수사관들도 바짝 긴장하기 시작했다.

—50대의 여자.

—심장을 비롯해 장기를 완전하게 적출당한 상태.

—암매장 시기는 한 달여 전, 사망 시기도 그 즈음.

바야흐로 승우가 나설 타이밍에 국과수의 이성욱에게서 전화가 왔다.

따르릉!

*   *   *

"여깁니다!"

부검실 앞에서 이성욱이 손을 들었다. 승우는 그곳으로 다가갔다.

"따라오시죠."

이성욱은 승우를 인도했다. 그가 멈춘 곳은 막 부검이 끝난 부검실 안이었다. 이성욱은 진혁균에게서 떼어낸 심장을 보여주었다. 심장은 저울 접시 위에 올려져 있었다.

심장.

이미 싸늘하게 멈춘 심장…….

"일단 무게를 확인하시죠."

무게는 왜?

이성욱이 심장을 디지털 저울을 가리켰다. 무게는 422g를 나타내고 있었다.

접시 위의 심장은 놀랍게도 아직 피를 흘리고 있었다. 정확히 말하면 흘리는 게 아니라 방울을 맺어냈다. 놀란 승우가 이성욱을 바라보았다.

"기이하죠?"

"그렇군요."

"사망한 지 많은 시간이 흘렀습니다. 그런데도 이런 반응이 나오기에 의학이 아닌 방향으로 단서가 있나 해서……."

이성욱은 이미 승우의 초자연적 촉을 인정하는 바였다.

"그런데 피가 좀……."

승우가 심장을 바라보았다.

"역시 다르시군요. 그걸 알아차리다니……."

"……?"

"피처럼 보이지만 피가 아닙니다."

"예?"

"저희도 처음에 피인 줄 알았습니다. 좀 묽긴 하지만 붉은 빛… 게다가 심장. 피가 아니라고 생각할 여지가 없었으니까요."

"……."

"그런데 우리 직원 하나가 혈액 분석을 해보았는데 피가 아니랍니다. 적혈구도, 백혈구도, 혈소판도 하나도 없다더군요."

"……!"

승우가 휘청거렸다.

심장!

물론 피를 만드는 곳은 아니었다. 하지만 피를 순환시킨다. 그곳에서 새어 나온 액체가 피가 아니면 액즙이라도 된단 말인가? 아니면 보관고 속의 낮은 온도에 머물던 사체가 온도가 올라가자 습기를 내뿜는 것?

"전자가 맞을 것 같습니다."

승우의 상상에 이성욱이 공감을 표했다.

"예?"

한 번 더 어이를 상실하는 승우.

"온도 차이로 인한 습기는 아닙니다. 그렇다면 다른 장기에서도 비슷한 현상이 나타나야겠죠."

"……."

"하지만 액즙이라고 하면 고인에게 실례가 되는 말이고……. 좋은 표현으로 하면 눈물이라고 할까요? 물론 우리 눈의 눈물하고는 다릅니다만……."

"……."

"더 기묘한 게 두 가지 있습니다. 뭔지 아시겠습니까?"

이성욱의 시선이 심장으로 향했다.

"글쎄요……."

"첫 번째!"

그의 손이 심장 표면의 방울을 가리켰다.

"우연인가 싶었는데 우연이 아니더군요. 이 방울들⋯ 보세요. 닦아내도 다시 맺히는데 그 또한 정확히 스물한 방울입니다."

스물한 방울?

혹시나 싶어 세어 보았다. 정말 스물한 방울이 맞았다.

"두 번째."

이성욱의 손이 접시를 바꿔놓았다. 그러자 무게가 변했다.

401g.

아까보다 21g이 변했다.

'21g 감소?'

"숫자가 의미 있죠? 눈물방울만큼 줄었습니다. 처음에는 464g이었는데 443g, 422g 순으로⋯⋯."

"⋯⋯?"

"그럼 천천히 살펴보고 계십시오."

이성욱은 승우를 남겨두고 부검 샘플통을 들고 나갔다. 대화가 끊기자 바로 싸아한 잡령들의 느낌이 왔다.

심장. 심장의 눈물. 거기에 스물한 방울의 액체와 21g씩의 무게 감소⋯⋯.

'이거야 원⋯⋯.'

기괴한 일을 겪고 또 겪은 승우에게도 당혹스럽긴 마찬가지
였다. 그러나 사안에 대한 호기심 또한 만만치 않았다. 승우
는 눈물이 맺히는 심장을 향해 영력을 집중시켰다.

웃!

그러다 주춤 물러서는 승우. 심장은 거친 영기를 뿜어내고
있었다.

시선을 진혁균의 몸통으로 돌렸다. 그곳 영기와 비교했지만
상대가 되지 않았다. 단지 심장 하나에서 나오는 영기가 진혁
균 몸통의 전체보다도 많고 간절했다.

우웅우웅!

승우의 신통력과 만난 심장의 영기가 울렁거렸다. 심장은
그대로지만 영력은 미치도록 뛰었다. 보이지 않지만 느껴진다.
그야말로 미치고 환장할 노릇이었다.

울컥!

울컥!

뭔가의 간절함이 만들어내는 헐떡임. 그 헐떡임이 영기로
뭉쳐 아른거리는 모습. 그사이에 이성욱이 돌아왔다.

"어떻습니까?"

"웃으시겠지만… 뭔가 하소연을 하는 것 같습니다."

"하핫, 제 생각과 같군요."

응? 같다고?

"심장 말입니다. 혈액이 아니라기에 우리끼리 혹시 강제 이식을 당한 원래 주인이 애통해서 우는 눈물일지 모르겠다는 말을 주고받았거든요. 보통 눈물이라면 그럴 때 흘리지 않습니까? 억울하거나 하소연 같은 거……."

"그렇군요."

"지방에서 발견되었다는 내장 없는 변사체 소식 들었죠?"

"예……."

"제가 그쪽 분원 검시관이랑 통화해서 여러 요소를 맞춰보았는데 이 심장의 주인일 가능성이 높습니다."

"무서운데요."

"예?"

"예감이라는 거 말입니다. 저도 그렇게 생각하고 있었는데……. 막상 그 말을 들으니 불법 장기 적출 조직이 실존하는 거 같아서……."

"검찰과 경찰 일손이 바빠지겠군요."

"예."

"하지만 저는 믿습니다."

"……?"

"그런 조직이 있다면 송 검사님이 박살 내줄 것을 말입니다. 위안부 사건을 둘러싼 베일의 사건도 해결한 분이 아닙니까?"

"너무 띄우시면……"

"저는 이 심장의 기이한 현상을 계속 관찰하고 있을 생각입니다. 뭔가 다른 일이라도 일어나면 연락드리겠습니다."

이성욱의 말을 들으며 승우는 주차장으로 나왔다.

밖은 밝았다. 햇살이 쨍쨍이다. 안에서는 사체들이 부검 테이블에 오르지만 햇살은 모른 척 짤랑거리고 있었다.

착잡한 마음을 흔든 건 벨소리였다. 진동으로 해둔 핸드폰 모드를 바꾸기 무섭게 전화가 들어온 것이다.

—검사님!

목소리의 주인공은 나수미였다.

—김성애 씨 말입니다. 주소지 확인했는데 문제가 생겼습니다.

나수미의 목소리는 다급하게 들렸다.

"문제? 무슨 문제?"

—반규인이라고 정신장애가 조금 있는 스물한 살 딸이 있는데 이 딸도 행방불명이라는데요?

스물한 살?

"……"

얼른 부검실을 돌아보는 승우.

심장에 맺히는 스물한 방울의 액체.

그리고 줄어드는 21g의 무게.

딸의 나이 스물한 살……

'혹시?'

혹 달아오른 승우의 뇌리에 불덩이가 스쳐 갔다.

5장
통나무 스페셜리스트

—반규인!

—당 21세!

—지적장애인!

방에서 나온 사진을 본 승우는 눈을 의심해야 했다. 겉보기에는 너무나 멀쩡해 보였다. 게다가 이토록 천사 같은 얼굴이라니. 보기만 해도 마음이 편안해지는 얼굴이었다.

"조금 이상하긴 해도 크게 표시나지는 않았습니다."

"맞아요. 우리도 장애인인 줄 잘 몰랐는데……."

이웃 사람들의 증언이 나왔다.

지방에서 나온 변사체는 예상한 대로 김성애의 것으로 밝혀졌다. 국과수에서 기어이 지문을 살려낸 것. 분석하면 한 달여 전에 피살당해 장기를 적출 당한 상황. 그렇다면 딸은 어떻게 된 걸까?

"한 달 전까지는 내가 봤어요. 저 앞 편의점에도 들렸거든요?"

증언은 계속 이어졌다.

그러다…….

"한 번은 어떤 남자랑 들어가던데?"

남자!

승우는 수사관들과 함께 편의점으로 향했다. 주인을 불러 CCTV 화면을 요청했다.

"여기 있네요."

차도형이 많은 화면 속에서 반규인을 찾아냈다. 그런데, 그 옆에 서 있는 사람은 놀랍게도 진혁균이었다. 계산도 진혁균이 치렀다. 물론, 현금이었다.

실망이 달려드는 순간, 대박 단서가 나왔다. 종업원이 용케 차량을 기억해 낸 것이다.

"저쪽 끝에서 그 아가씨를 태웠어요."

"차량 번호 봤어요?"

차도형이 물었다.

"번호까지는……."

"그럼 차종은요?"

"회색 낡은 봉고였어요."

낡은 봉고에 회색!

그것만 해도 감지덕지였다. 승우는 곧 차량 파악에 돌입했다.

날짜를 알고 차종과 색깔도 알았다. 최종 주차 장소도 알았다. 쉽지는 않지만 역추적을 하면 될 일이었다.

봉고가 주차된 곳을 기점으로, 그곳으로 향하는 도로의 CCTV를 다 뒤졌다. 결국 개가를 올렸다. 봉고의 번호를 뽑아 낸 것이다.

차는 예상대로 무적 차량이었다. 승우의 구미가 점점 당기기 시작했다. 절대로 증거를 남기지 않으려는 치밀하고도 교묘한 위장. 그렇다면 굵직한 무엇이 버티고 있을 게 틀림없었다.

반규인의 전화 조회도 별다른 건 없었다. 그러니까 편의점을 다녀간 지 이틀 만에 전원이 꺼졌다. 이 즈음이 그녀의 행방불명 시기로 보였다.

"죽였을까요?"

회의실에서 차도형이 조심스레 입을 열었다.

"가능성 높은데?"

석 반장이 말했다.

"사체가 안 나왔으니 안 죽었을 수도……"

권오길은 그래도 희망을 버리지 않았다.

"검사님 생각은요?"

나수미의 시선이 승우에게 향했다.

"안 죽었어!"

승우는 잘라 말했다. 그냥 막 뱉은 말은 아니었다.

심장!

김성애의 심장 때문이었다. 심장에서 배어나오는 스물한 방울 액체의 애절함. 그 불가사의한 현상을 믿고 싶었다. 자기딸을 살려내라는 간절함으로 믿고 싶었다.

반규인 수배령을 내렸다.

대포 차량 봉고도 수배령을 내렸다.

시간은 흘러갔다.

위기를 맞은 사람에게는 일분일초가 안타까울 일. 그렇다고 승우가 대한민국을 낱낱이 뒤질 수 없으니 안타까움만 깊어갔다.

그러다 오후가 깊어갈 무렵, 유 계장 책상 위의 전화가 미친 듯이 울려댔다.

"검찰입니다!"

무심코 전화를 받아든 유 계장, 미간이 확 일그러지는 게 보였다.

"검사님, 경찰인데요, 대포 차량 찾았답니다."

통화를 끝낸 유 계장이 일어서며 말했다.

"그래요?"

진혁균의 자료를 뜯어보던 승우가 파뜩 고개를 들었다.

"근교랍니다. 가시겠습니까?"

"당연하죠."

승우는 서류를 놓고 일어섰다.

끼이익!

출동 차량이 멈춘 곳은 낡은 농산물 건조창고 앞이었다. 과거 농산물을 보관하던 곳으로 보였는데 한적한 곳이라 인적을 찾기 어려웠다.

"오셨습니까?"

차량을 발견한 경찰관 두 명이 승우 일행을 맞이했다. 승우는 차량으로 걸어갔다. 차량은 운전석 쪽이 충격으로 먹힌 상태였다.

심각하지는 않지만 백미러가 깨지고 유리도 금이 갔다. 그 옆도 제법 들어간 것으로 보아 추돌내지는 어딘가를 들이박은 모습이었다.

"보험회사에 알아봤습니까?"

동행한 유 계장이 경찰들에게 물었다. 사고가 접수되었다면 사고의 종류가 나왔을 일. 하지만 대포 차량이다 보니 기대는 할 수 없었다.

"그렇잖아도 조회했는데 접수된 게 없답니다."

고참 경찰이 대답했다.

"그럼 어디선가 충격을 하고 여기다 둔 것 같군요."

유 계장이 승우를 돌아보았다.

"여기가 진혁균이 있던 곳입니까?"

경찰을 바라보는 승우.

"마을 사람들 말로는 그렇다고 하는데 소유자가 따로 있어서 부른 상태입니다. 보시다시피 문도 잠겨 있고……."

고참 경찰이 창고를 가리켰다. 을씨년스럽지만 제법 덩치가 큰 창고 대문에는 주먹만 한 자물통이 채워져 있었다.

"저기 오는군요."

다른 경찰이 앞을 가리켰다. 낡은 자가용 한 대가 달려와 승우 앞에 멈췄다.

"우리 창고가 무슨 문제가 생겼나요?"

차에서 내린 사람은 중년 아줌마였다. 밭에서 고추라도 따다가 왔는지 냉장고 바지가 나풀거렸다.

"이 사람 말입니다. 여기 세든 사람 맞습니까?"

차도형이 나서 사진을 보여주었다.

"어머, 진 씨?"

아줌마는 진혁균을 알아보았다.

"그런데 왜요?"

"안을 좀 확인했으면 합니다."

"그러니까 왜 그러시는지 알아야……."

"이 사람… 사고로 죽었습니다. 확인할 게 있어서요."

"어머어머, 죽었다고요?"

"열쇠 있습니까?"

"있긴 해요. 저 창고는 우리가 쓰던 거라서……. 그런데 왜 죽었대요?"

"사고입니다. 세는 어떻게 내주게 되었나요?"

"뭐라더라… 무슨 연구를 한다던가? 보다시피 이게 외따로 떨어져서 노는 건물이잖아요? 그래서 몇 푼이라도 벌려고……."

"무슨 연구 말이죠?"

차도형이 말꼬리를 물었다.

"그건 모르죠. 요즘 사람들이 집주인이 참견하면 좋아하나요? 뭐 무슨 기계도 몇 대 들여오고 하는 거 같던데……."

"들어가지."

뒤에 있던 승우가 차도형의 주의를 환기시켰다. 주인은 차를 뒤지더니 녹이 슬다 만 열쇠를 꺼내왔다.

"비상 열쇠를 가지고 있어서 다행이네요. 이 자물통이 이 래 봬도 할아버지 때부터 쓰던 거라 안 버리고 넘겨줬던 건데……."

몇 번 수고를 들이고서야 자물통이 열렸다.

"끙차!"

나무로 만든 문은 제법 견고해서 생각처럼 쉽게 열리지 않았다. 차도형에 이어 경찰들까지 합세하고서야 겨우 비명을 내며 밀려났다.

"아유, 이게 뭐야? 뭘 이렇게 복잡하게 막아놨대?"

잡동사니와 칸막이로 가득한 안을 보고 주인이 고개를 저었다.

"의료 장비 같은데요?"

구석에 선 기계를 본 유 계장이 말했다. 덮개를 벗겨보니 수혈 장비처럼 보였다. 하지만 보관 상태로 보아 사용 중인 건 아닌 듯했다.

"여기서 숙식도 한 모양입니다."

그사이에 차도형이 방문을 열었다. 안쪽 공간이었다. 승우도 그쪽으로 향했다. 방 안은 원룸과 유사했다. 라면도 한 박스나 있었고 쌀도 제법 차 있었다.

"여긴 내가 보죠."

승우는 수사관들을 내보냈다. 네댓 평 남짓한 방. 홀아비 냄새가 등천을 하지만 그래도 확인해야 할 게 있었다.

'후읍!'

승우는 영력을 뿜어냈다.

"……!"

뒤에서 반응이 왔다. 스산한 느낌과 애절한 공포. 승우는 숨도 쉬지 않고 돌아보았다.

있었다.

공기 중에 섞인 미묘한 무엇…….

"아저씨, 밖이에요!"

어깨 위에 떠있던 민민이 소리쳤다. 승우는 밖으로 뛰었다. 나체처럼 알몸이 드러난 벽돌 담을 더듬던 차도형이 돌아보았지만 멈추지 않았다.

"저기요!"

원룸의 칸막이를 돌아서는 순간, 민민이 먼저 나선을 그리며 날았다.

거기…….

거기 그 무엇이 있었다.

희미하다.

마치 초점을 잃은 시야에 보이는 사물처럼. 그리고 갑자기 싸아해진 주변의 공기. 승우의 코에서 새나오는 콧김이 보일 정도였다.

'젠장!'

승우는 마른 침을 거칠게 넘겼다. 알갱이가 흘러내리는 벽
돌 앞에 선 건 두 개의 영기였다. 둘 다 내장이 텅 비어 있었
다. 참혹하지만 해꼬지는 하려들지 않았다. 그저 버둥거릴 뿐
이다.

걸어도 걸어도 제자리뿐인 걸음…… 어디로 가는 걸까? 집
으로 가는 걸까?

"쇠사슬이에요."

민민의 목소리와 함께 영기들을 속박한 사슬이 눈을 차고
들어왔다. 영기들은 두 발을 제압당한 채였다. 사슬에 묶여
달아나지 못한다. 생전의 그 의식이 죽어서도 반복되고 있었
다. 죽어서도 사슬을 차고 있는 것이다.

철컹, 철컹……

"네가 할래?"

승우가 민민을 바라보았다. 민민은 고개를 끄덕이더니 바로
친디를 불러냈다.

우어어엉!

황금사자 친디는 민민 앞에서 기개를 뿜었다. 허망한 걸음
을 반복하던 영기들, 그래도 친디는 알아보았다. 둘은 흐느낌
처럼 잦아들기 시작했다.

우엉!

친디가 날아갔다. 민민의 명을 받은 친디는 영기들의 다리를 속박한 사슬을 단숨에 끊어주었다. 그러자 영기의 몸이 둥실 떠올랐다.

"하늘로 가려나 봐요."

"하나만 잡아."

"네?"

민민이 돌아보았다. 하늘로 가는 영령을 잡아두는 건 좋은 일이 아니었다.

"잠깐이면 돼."

"알았어요."

승우의 속내를 알아챈 민민이 친디에게 영기들을 가리켰다.

우엉!

포효와 함께 친디가 날아올랐다. 놀란 영기들이 혼비백산 흩어졌지만 소용없었다. 친디는 그 중 한 영기의 덜미를 물어 민민 앞에 내려놓았다. 둘 중 젊은 영기였다.

[보내줘요.]

영기가 흐느꼈다. 목소리는 어눌하게 들렸다.

"겁먹지 마. 금방 보내줄 테니까."

[무서워요.]

영기는 텅 빈 복부를 한사코 막아댔다.

"이제 괜찮아. 아무 일도 없을 거야."

승우는 영기를 달래며 핸드폰을 열었다. 화면에 띄운 건 진혁균이었다.

[으헛!]

화면을 내밀기 무섭게 영기가 움츠렸다. 아는 게 분명했다.

"누군지 알지?"

승우가 묻자 영기가 고개를 끄덕였다.

"이미 죽었어. 걱정하지 않아도 돼."

[……]

"이 사람은?"

이번에는 김성애의 사진을 보여주었다.

[몰라요.]

"잘 봐. 아마 너처럼 희생당한 사람일 거야."

[몰라요.]

"같이 갇혀 있거나 하지 않았어?"

[아뇨. 난 혼자… 그 아저씨가 데려온 사람이 약을… 그리고 죽었는데……. 여기서 못 움직여요.]

"그럼 아까 그 영령은?"

[그 아저씨는 다른 데서… 죽은 다음에 소지품을 여기로 가져왔는데 거기 묻어왔어요.]

"소지품?"

[태워요. 사람을 죽이고… 장기를 꺼내고… 남은 소지품은

가져다 저기 아궁이에······.]

"죽이는 데가 따로 있나?"

[저기!]

영기가 입구 쪽의 의료 장비를 가리켰다.

"저기?"

[저런 기계가 있는 곳······.]

수혈 장비······.

'병원?'

고개가 갸웃거려졌다. 가능성은 있었다. 하지만 세상에 어떤 의사가 살인을 무릅쓴 장기이식을 한단 말인가?

"넌 이름 뭐야? 엄마 찾아야지."

[김대우······.]

"학생이야?"

[평강고등학교 2학년 3반.]

'고등학생?'

"네 몸은 어디에 있지?"

[뒷산에··· 거기 묻는 걸 봤어요.]

"여기 뒷산?"

[아뇨. 저런 기계가 있는 뒷산.]

"진혁균이 묻었나?"

승우가 다시 진혁균 화면을 내밀었다.

[아니, 다른 아저씨들……. 무서워요.]

다른 아저씨. 게다가 아저씨'들'. 그렇다면 공범이 한둘이 아니라는 얘기였다.

"수술은 누가 했어? 이 아저씨?"

[아뇨. 그 아저씨는 구경… 수술은……. 무서워. 다른 아저씨들…….]

"몇 명인지 생각나?"

[두 명…….]

"병원이야?"

[몰라요.]

"잘 생각해봐. 엄마 보고 싶지? 그래야 네 몸을 찾아서 네 엄마에게 돌려줄 수 있어."

[엄마…….]

영기의 목소리가 낮아졌다.

"그런데 먼저 구할 사람이 저 안에 있어요."

파리해지던 영기가 칸막이 너머를 가리켰다.

"사람?"

[여자… 아직 안 죽었어요.]

"혹시……. 이 여자?"

승우는 떨리는 손으로 반규인의 얼굴을 보여주었다. 영기가 끄덕 고개를 움직였다.

'오, 하느님!'

피가 역류하는 걸 참은 승우, 민민에게 소리치며 칸막이를 향해 뛰었다.

"민민, 그 영기를 풀어줘!"

*　　　　*　　　　*

방 안!

사방을 바라보지만 공간이 보이지 않았다. 그러다 책장에 시선이 닿았다. 한쪽 벽의 절반을 가로막은 책장. 그 뒤로는 창고의 끝. 거리감이 있어 어쩌면 공간이 있을 법도 했다.

"차 수사관!"

차도형을 불러 책장을 밀도록 지시했다.

"하나, 둘……."

셋과 동시에 힘이 가해졌다. 책장이 조금씩 밀려났다.

"좀 더!"

힘이 더 가해지자 작은 문이 하나 드러났다.

쾅!

승우가 문을 내질렀다.

"……!"

어두운 방 안, 전등이 비쳐지자 한 사람이 보였다. 두 발에는 쇠사슬, 팔은 뒤로 돌려 결박. 입에는 재갈이 물린 여자였다. 그녀는 의식이 없었다. 그래도 목숨줄은 붙어 있었다.

"앰뷸런스 불러!"

승우가 소리쳤다. 차도형은 쉰 소리로 119를 불렀다.

띠뽀띠뽀!

구급대가 여자를 싣고 폭풍 질주를 해갔다. 승우는 그 차에 유 계장을 붙여 보냈다.

두 평쯤 되는 감금실. 문을 닫고 책장을 밀어버리면 외부와 차단된 완벽한 감옥이 되었다. 여자는 이 안에서 대소변을 보았다. 냄새가 사방에 배었지만 그런 건 문제가 아니었다.

영기…….

여기도 영기의 흔적이 있었다. 여기서 죽어나간 건지, 아니면 다른 물건에 묻어온 건지는 알 수 없었다. 민민은 그제야 승우 곁으로 다가왔다.

"아저씨……."

"영기는?"

"하늘로 갔어요."

"잘했어."

승우가 손을 내밀자 민민은 그 손바닥 위로 올라왔다.

"주변 좀 돌아볼까?"

"네."

승우는 민민을 데리고 창고 주변을 돌았다. 맨 처음 만났던 사이코패스 길태곤이 떠올랐다. 놈은 창고 근처에 사체를 묻었었다. 하지만 진혁균은 달랐다.

꽤 먼 곳까지 찾아봤지만 추가 영기는 발견되지 않았다.

"검사님!"

다시 안으로 들어서자 차도형이 다가왔다.

"이 기계, 수혈기가 맞답니다."

전화로 기계의 용도를 알아낸 차도형.

"그런데 왜 여기?"

"시리얼 넘버로 조회했더니 수입 의료기기더군요. 규모가 좀 되는 종합병원 수술실에서 쓰던 건데 기계 내구연한이 다 돼서 폐기처분했다고 하네요. 그래서 폐기업자 쪽을 체크하라고 요청해 두었습니다."

"그러니까 폐기처분한 걸 가져다 두었다?"

"어쩌면 사용했을지도 모르죠. 내구연한이 다 됐다고 쓸 수 없는 건 아니랍니다."

"언제 요청한 거야?"

"지금으로 다그쳤으니 곧 소식이 올 겁니다."

그사이에 승우 전화기가 먼저 울렸다. 병원으로 간 유 계장이었다.

─여자는 반규인 맞습니다. 탈진과 탈수, 체력저하 등으로

상태는 좋지 않은데 목숨은 건질 것 같습니다.

"다행이군요. 당분간 거기 계세요. 교대하실 때는 경찰에 경호 요청하시고요."

─그렇잖아도 조치했습니다.

"의식이 돌아오면 범인들에 대해 물어봐주시고요."

─염려 마십시오.

"그럼 수고하세요."

승우는 전화를 끊었다. 하지만 숨을 돌릴 사이도 없이 또 핸드폰이 울렸다. 이번에는, 국과수의 이성욱이었다.

─송 검사님!

그는 매우 서두르는 말투였다.

"무슨 일이죠?"

─하트 말입니다. 김성애 씨의 심장……

"네."

─지금 어디 계세요?

"현장조사 나와 있습니다. 그렇잖아도 연락드릴까 하던 참 인데……"

─그러세요?

"방금 김성애 씨 딸을 찾았습니다. 목숨을 살릴 수 있을 거 같습니다."

─오, 마이 갓!

승우의 말이 끝나기 무섭게 이성욱의 탄식이 쏟아졌다.

"왜 그러시죠?"

—그거 사실입니까? 김성애 씨 따님 찾았다는 거?

"예."

—혹시… 조금 전이었죠? 한 시간 정도?

"그런 거 같은데요?"

—으아, 이거 정말…….

"……?"

—혹시 시간 정확하게 기억할 수 있습니까?

"왜 그러시는지?"

—심장이, 심장이 눈물을 멈췄어요. 그리고 사명을 다한 듯이 얌전하게 늘어졌다고요.

"예?"

—시간 좀 말해보세요. 시간까지 맞는지 궁금해서 그럽니다.

"시간은……."

승우는 분침을 뒤로 돌렸다. 창고 밖을 수색하고, 밀실을 살피고… 대략 한 시간 10분 전 정도가 될 것 같았다. 반규인을 발견한 시간은.

—우어어!

승우의 말을 들은 이성욱은 아예 거품 뿜는 소리를 냈다.

─귀신 곡할 노릇이군요. 심장이 눈물을 멈추고 쉰 시각도 딱 그때입니다. 한 시간 10분에서 15분 사이!

"……!"

─그 뒤로 무게도 변하지 않고 있습니다. 몇 번을 달아도 마찬가지예요.

"……."

─검사님, 딸이 스물 한 살이라고 했죠?

"예."

─맙소사, 이거 말도 안 되는 끼어 맞추기지만 어쩌면, 어쩌면 말입니다…….

이성욱의 목소리가 떨림으로 흘러나왔지만 승우는 놀라지 않았다. 이미 그럴지도 모른다는 촉을 가지고 있었기 때문이었다.

강제로 적출당한 엄마의 심장…….

스물한 방울의 눈물.

21g의 무게 감소.

그리고 스물한 살의 딸…….

그 간절한 미스터리를 아는 건 김성애의 심장뿐이겠지만 승우는 그렇게 믿었다.

그녀가 죽어서도 멈추지 않는 간절함으로 심장을 움직인 것이다. 내 딸을 구해줘, 내 딸을 구해줘 하며. 스물한 방울.

스물한 방울의 처절한 사인(Sign)으로.

　수사의 폭이 넓어졌다. 활기도 넘쳤다. 창고의 의료 장비에서 나온 지문 덕분이었다. 장비에서 나온 지문은 모두 여덟 개. 그중 병원 수술실 의료진을 제외하니 세 명이었다.
　그중 하나는 진혁균의 것이었다. 검찰은 나머지 두 지문의 주인을 분석했다.
　한 명은 판독불가!
　그러나 마지막 한 명은 신원이 나왔다.
　"이름은 장용, 나이는 스물일곱, 장기 알선 명함을 뿌리다 검거되었지만 초범인 데다 단순 알바였다고 주장하는 바람에 불기소 처분으로 풀려난 친구입니다."
　차도형이 승우에게 보고서를 건넸다.
　"이쪽 대가리는?"
　승우가 물었다.
　"그게… 주범은 중국 국적의 동포였습니다. 징역 3년을 선고받고 현재 교도소에 수감 중입니다. 공범으로 걸렸던 놈들은 대개 집행유예나 형기만료로 출소되었더군요."
　"그 친구들, 우리가 분석한 장기매매 전과자들에 포함된 자들이야?"
　"셋은 포함되었는데 집행유예를 받은 한 친구는 빠졌더군요. 이름은 홍석진이라고……."

"사진 가지고 와봐."

"알겠습니다."

차도형은 바로 사진을 출력해 왔다.

"석 반장님 들어오면 같이 장용이랑 홍석진, 탐문수사하고 최근 행적 낱낱이 캐서 보고하도록."

"예!"

승우는 지시를 내리고 사무실을 나섰다.

"이 오빠 알아요."

반규인의 병실.

홍석진의 사진을 내밀자 반규인이 눈을 깜빡거렸다. 의식은 돌아왔지만 명쾌한 증언을 하지 못해 애를 태우던 반규인. 드디어 단서 하나를 제공하는 순간이었다.

"그런데 난 용이 오빠가 더 좋아. 그 오빠 캡짱 훈남!"

사진을 보던 반규인이 아이처럼 중얼거렸다.

"용이 오빠면 장용?"

승우가 물었다.

"몰라, 용이 오빠……. 잘생겼어요. 아이돌보다 미남!"

반규인이 대답했다. 아직 제 엄마가 죽은 것도 모르는 상태. 정신연령이 낮은 데다 그녀 자신도 병약한 상황이라 사실

통보를 미루고 있었다.

승우는 잠시 그녀의 녹음 파일을 떠올렸다. 그녀의 의식이 돌아온 후에 유 계장이 벌인 심문내용이었다.

"고추에서 피 나니까 떡볶이 된다고 팬티 입혀줬어요. 내 고추가 떡볶이인가?"

유 계장이 물었을 때 그녀가 한 말이었다.

유추하자면 그녀, 진혁균에 의해 피랍되어 감금이 되었다. 그리고 진혁균과 같이 있던 누군가가 성폭행을 하려고 속옷을 벗겼지만 때마침 그녀는 생리일이었다. 그래서 욕심을 채우지 못했다. 그녀의 말에 의하면 떡볶이 소동은 한 번뿐. 그러니까 그 직후에 진혁균이 죽은 모양이었다.

그런데!

떡볶이 상황은 좀 의아했다. 그 또한 그녀의 말 때문이었다.

"고추 피 났어. 피 나는 날 아닌데……. 삼촌이 다가오니까 막 배가 아파. 그리고 피 났어. 그래서 떡볶이 됐어."

반규인의 정신연령은 10여 세. 인지 능력이 정상인에는 조금 처지지만 그렇다고 생리를 모르지는 않았다. 그러니까 그녀, 생리일이 아닌데 생리가 있었다는 것이다. 여기서 말하는 삼촌은 진혁균. 즉 진혁균이 다가오니 갑자기 배가 아팠다는 말.

아무튼!

홍석진을 알아보았다. 그건 엄청난 개가였다.

그리고 집념 어린 수사를 격려하듯 홍석진의 신병이 확보되었다.

홍석진!

모두 세 영기의 흔적을 가지고 있었다. 조사실에 들어선 승우, 작심하고 홍석진을 닦아세웠다.

"반규인 성폭행 미수!"

"예?"

"사람은 세 명 묻었군."

"……."

얼이 빠져 있던 홍석진의 시선이 벼락처럼 일어섰다.

"통나무 장수했지?"

"……?"

"묻은 건 남자 둘에 여자 하나!"

승우의 눈매에 힘이 실렸다.

"……."

"협조하고 선처받을래? 아니면 다른 놈들이 한 거까지 다 끌어안고 주범으로 들어갈래?"

낮으면서 묵직한 저음의 승우. 단 두 마디로 기선을 제압해

버렸다.

"내, 내가 무슨……."

"진혁균이한테 김성애 심장 떼어줬지?"

"으어어……."

"내가 계속하리?"

승우의 눈빛은 홍석진의 눈을 꿰뚫고 있었다. 잠시 어안이
벙벙하던 홍석진. 돌연 핏대를 올리더니 승우의 올가미 안으
로 스스로 목을 밀어 넣었다.

"황재규, 그 개새끼가 결국 우리한테 덤터기 씌우고 튀었군요?"

황재규?

모르던 이름이 나왔다.

"실명이야?"

승우, 옆에 선 차도형에게 슬쩍 눈짓을 보내며 되물었다. 이
제는 몰라도 알아야 하는 척할 때. 그렇기에 중간 입장을 취
한 것이다.

"그 개자식 지금 어디 있습니까?"

퍽!

순간, 승우가 서류철로 홍석진 머리를 후려쳤다.

"네 눈에는 대한민국 검사가 똘마니로 보이냐? 내가 너한테
일일이 보고하리?"

"……."

"곧 보게 될 테니까 우린 우리 볼일이나 보자고."

"그 새끼 대질시켜 주십시오."

"그럴 거면 내가 네 편의를 봐줄 이유가 전혀 없지."

승우가 다시 눈에 쌍도끼를 띠웠다.

"……!"

"몇 명 열었어?"

"……."

"몇 명 데려다 열었냐고!"

"내가 아는 건 여섯… 아니, 일곱이오."

일곱 명!

"왜 여섯이랬다가 일곱이야?"

"그게 하나는 연습이라서……."

"연습?"

"실전 경험 쌓아야 한다고 병 걸린 노숙자 새끼 술 마시고 맛탱이 간 걸 잡아다가……."

"너희들 전화 전부 대포폰이야?"

"아시면서……. 대충 쓰다 꼬리 잡힌 것 같으면 버리고, 또 만들고……."

"진혁균도?"

"당연하죠."

그렇군. 핸드폰이 없는 이유. 승우는 혼자 고개를 끄덕였다.

"수술은 어디서 열었어?"

"황재규 공장……."

"거기가 어디냐고?"

"행당동이오!"

"……?"

이번에는 승우가 고개를 들었다. 행당동? 버젓한 서울이다. 그것도 도심에 가까운 곳이었다.

"주소!"

"성동구 행당동……."

"누가 열었어?"

"황재규 그 새끼가 직접……."

"그 자식 의사야?"

"예!"

예?

대답이 너무 간단하게 나오는 통에 귀를 의심하는 승우.

"현직 의사가 그따위 짓을 했단 말이야?"

"의사 앞에 '수' 자를 붙이면……."

"수의사?"

"예……."

"수의사 면허를 받은 사람 중에 황재규는 두 명인데 한 명은 노환으로 사망했고 또 한 명은 재작년에 졸업한 20대입니다."

진술에 맞춰 신원조회를 하고 있던 차도형이 말했다.

"그 새끼는 중국인입니다. 말로는 귀화했다고 하던데 아닐 수도 있지요."

홍석진이 핏대를 올렸다.

중국인!

그러니까 중국 수의사 면허라는 얘기였다.

"출입국금지 조치부터 내려."

승우의 시선이 차도형에게 건너갔다.

"그럼 아직 못 잡은 겁니까?"

그제야 상황을 파악한 홍석진이 눈을 동그랗게 떴다.

"걱정 마라. 곧 잡아다 네 옆에 앉혀줄 테니까!"

승우가 응수하자,

"이런 개새끼들, 나를 속인 거잖아?"

홍석진이 발끈하며 테이블을 흔들었다. 하지만 차도형은 꿔다놓은 보릿자루가 아니다. 난동을 부리는 홍석진의 옆구리를 발로 내질러 버렸다. 양손에 수갑이 채워진 홍석진. 중심을 잡지 못하고 철푸덕 나뒹굴었다.

승우는 자리를 박차고 일어섰다.

황재규!

―긴급체포영장 청구!

―출국금지 및 지명수배!

조치들이 숨 가쁘게 뒤를 이었다.

홍석진이 자백한 현장 가까이 도착했을 때는 어둠이 내린 후였다. 그때 이면도로에서 차량 한 대가 튀어나왔다. 그러자 석 반장이 차머리를 돌려 진로를 막아섰다.

끼아악!

차량은 돌연 급후진을 하며 도주를 시작했다.

"차량 번호 통지하고 경찰 요청해!"

승우가 소리쳤다. 반대편 도로로 돌아선 차량은 무섭도록 내달렸다. 하지만 이내 경찰 사이렌 소리가 들려왔다. 근처를 지나던 순찰차가 교신을 듣고 출동한 것이다. 경찰차가 진입로를 막아서자 차량은 그대로 경찰차를 들이박아 버렸다.

"저 새끼들!"

석 반장이 차에서 내려 뛰었다. 승우도 뛰고 권오길과 나수미도 뛰었다. 그 사이에 차량에서 세 명의 남자가 내렸다.

'저놈이군.'

승우는 영기를 흘리는 남자를 찜했다. 그가 바로 황재규였다. 용의자들은 세 갈래로 흩어졌다. 승우는 황재규를 추격했다. 황재규는 골목시장 안으로 뛰었다. 뛰면서 닥치는 대로 좌판을 잡아당겼다.

시장은 이내 난장판이 되었다. 그 바람에 승우는 야채 범벅을 밟으며 중심을 잃었다. 재빨리 일어섰지만 거리가 벌어졌다.

"검사님!"

뒤쪽에서 따라오던 나수미가 소리쳤다. 승우는 보라색 채소 하나를 집어 들었다. 묵직한 게 무게감이 좋았다.

"와앗!"

기합과 함께 채소가 날아갔다. 첫 방은 헛방. 하나 더 집어 든 승우는 몇 발짝 나서며 채소를 날렸다.

퍽억!

이번에는 제대로 맞았다. 황재규의 뒤통수였다. 움찔한 황재규가 몸을 가누는 사이에 날렵한 물체가 쏟아져 내렸다.

와작!

황재규를 직격한 건 나수미의 회전 하이킥이었다. 턱을 정통으로 얻어맞은 황재규가 그대로 무너졌다.

"변호사 선임할 권리, 묵비권 권리, 오케이?"

나수미는 황재규가 고개를 끄덕이기도 전에 수갑을 채워 버렸다.

"검사님, 황재규입니다!"

나수미가 황재규의 품에서 꺼낸 여권을 흔들었다. 그제야 숨을 돌린 승우, 옆 좌판의 아줌마를 바라보며 물었다.

"아줌마, 이거 이름이 뭐죠?"

"콜라비!"

"얼마죠?"

"하나 2,000원."

"여기요, 나머지는 그냥 쓰세요."

만원을 건네주고 황재규에게 다가섰다. 승우까지 합세하자 황재규는 몸부림을 쳤다. 별수 없이 친절하게 한 번 더 확인타를 안겨주었다. 이번에도 역시 나수미의 킥이었다. 비틀거리는 황재규의 면상을 보려던 승우, 강력한 영기에 놀라 움찔 물러서고 말았다.

"……?"

어찌나 놀랐는지 승우, 자신도 모르게 민민을 불러냈다.

"민민……."

신음 같은 소리를 들은 민민, 승우가 믿지 못하는 일을 한 번 더 확인해 주었다.

"영기 맞아요. 적어도 수백 명의……."

수백 명의 영기?

게다가, 적어도?

하느님 맙소사!

6장

하트 미스터리

황재규의 지하실은 공장이 아니라 수술실이었다. 2중 3중
으로 출입문을 달아 외부에서는 전혀 알 수 없도록 만들었
다. 그러나 수술실 자체는 조악하기 그지없었다. 수술대와 수
술도구, 멸균소독기와 수혈기기 등이 거의 전부였다. 독특한
건 천장이 지나치게 낮다는 것. 키가 190센티미터쯤 되면 머
리가 닿을 듯할 정도였다.

　"웃, 비린내……."

　수색을 하던 차도형이 코를 막았다. 지하실은 곳곳에서 혈
취가 나왔다.

"첫 번째 문에 방향제를 잔뜩 쌓아둔 게 이유가 있었네요."

나수미가 숨을 몰아쉬었다.

표면적으로는 방향제 수입업체. 3중으로 둘러싸인 수술실의 피 냄새는 방향제와 섞여 나갔다. 이웃이 알 수 없도록 교묘하게 꾸민 것이다.

"우어억!"

구석의 경찰이 몸서리를 토해냈다. 양동이를 뒤지다 썩은 내장을 발견한 것. 그건 사람의 것으로 보였다.

"얼마 전까지도 수술을 했나 본데요?"

차도형이 고개를 저었다.

우이이이!

삭막한 지하실.

영기들의 흐느낌이 허공에 떠돌고 있었다. 한둘이 아니었다. 그러나 흔적뿐, 한을 품고 남은 영기라도 있으면 좋으련만 그마저 허용되지 않았다.

"민민!"

멸균소독기를 열어본 승우가 나지막이 속삭였다.

"영기 말이죠?"

"응."

"수백은 아니에요. 몇 되지 않아요."

민민이 대답했다.

그렇다면 다른 공장이 또 있는 걸까? 여기서 감지된 몇 개의 영기만으로는 황재규의 몸에서 느껴지는 수백의 영기가 설명되지 않았다.

감식반이 전격 투입되었다. 그들이 현미경적 시선으로 단서를 잡아내는 동안 승우는 밖으로 나왔다.

"몰라요. 우린 그냥 작은 향수 공장으로만 알았는데……."

주변 사람들에게서도 나온 게 없었다.

전쟁…….

승우의 머리에 그 단어가 스쳐 갔다. 수갑이 채워진 채 차 안에서 내다보는 황재규. 그 몸에서 여전히 발산되는 수백의 영기들. 그러나 완강하게 닫힌 입술. 어쩌면 그동안 치른 기묘한 전쟁보다 더 지독한 전쟁을 치러야 될 것만 같은 예감…….

그런 예감이 승우의 피부를 파고들고 있었다.

황재규!

한국인이 아니었다. 중국인도 아니었다.

놈이 가진 여권은 위조된 가짜였다. 그럼에도 불구하고 3일 후 항저우로 출국 예정. 진혁균이 쓰러지면서 작업 시스템에 이상을 감지한 그였지만 3일을 넘기지 못하고 체포가 된 것이다.

배 째서!

놈은 사이코패스에 못지않았다. 웃는 듯 우는 듯 교묘한 표정으로 침묵을 지켰다.

"저런 놈은 처음 봅니다."

첫 번째로 들어간 차도형이 손을 들고 나왔다.

"아주 능구렁인뎁쇼?"

석 반장도 두 손을 들었다.

"피 한 방울 안 나올 놈 같습니다."

심리분석 전문직원과 합세한 유 계장도 고개를 저었다.

밖에는 촘촘한 비가 내리고 있었다.

"잠깐 바람 좀 쐬고 오겠습니다."

승우는 현관으로 내려와 우산을 펼쳤다. 그때, 별관으로 들어서던 김혁과 얼굴이 마주쳤다.

"출동이야?"

"아니. 나 보러 오는 길이야?"

"그럼 여기 송 검 말고 볼 사람 있어?"

"왜 이러시나? 우리 별관이 다 인물천지인데……."

"뭐 그건 그렇지. 차도형에 나수미에 유 계장님……."

"웬일인데?"

"자문 좀 구하려고. 차 한잔할 시간 있어?"

"그러지 뭐."

승우는 어깨를 으쓱해 보였다. 언제나 이렇다. 바쁠 때는 일이 멋대로 생긴다. 업무에도 빈익빈부익부 원칙은 존재하고 있었다.

차양을 길게 드리운 커피 전문점 테라스에 앉았다. 목조 바닥에 떨어진 비가 톡톡 튀는 게 느껴졌다. 부서진 빗방울이 바람에 실려왔다. 음이온 웰빙이라도 하는 것 같아 나쁘지 않았다.

"골 때리는 사건 생겼다며?"

김혁이 물었다.

"뭐 이젠 면역이 되어서⋯⋯. 그나저나 왜?"

"불법 장기 적출이지?"

"안 바빠? 남의 사건 다 꿰고 있게?"

"실은 이번에 장애인 시설에서 발생한 아동 실종 사건을 수사 중이거든. 나이는 여덟 살."

"그런데?"

"실종된 아동이 어젯밤에 발견되었어."

"그래?"

"그런데⋯⋯."

김혁은 마시던 커피잔을 내려놓고 손깍지를 끼더니 우두둑 관절 꺾는 소리를 냈다. 그리고 천천히 뒷말을 이었다.

"피살이야."

"장기 적출?"

촉을 잡은 승우가 고개를 들었다. 김혁은, 끄덕 고개를 숙여 화답했다.

"……!"

"그런데 내장기관이 아니라 눈!"

'푸웁!'

승우, 하마터면 커피를 쏟을 뻔했다.

눈!

이번 장기 적출 사건으로 장기이식에 대해 낱낱이 뒤져본 승우. 그게 무얼 의미하는지 알고 있었다. 장기이식은 여러 방면에서 시도되어지고 있다. 대표적인 것이 간과 신장이다. 기타 폐와 피부 등도 이식이 가능하다.

그러나!

눈과 심장만은 기타 이식과 달랐다. 이 두 기관을 이식하려면 공여자가 죽는다는 걸 의미하고 있었다.

물론 눈은 하나만 이식한다면 죽지는 않는다. 다만 현행법으로는 금지다. 각막이식은 공여자가 산 상태에서는 허용되지 않는 이식이었다.

"그럼 불법 장기매매 조직이?"

승우가 물었다.

"브로커를 추적 중인데 낌새가 있어. 그래서 송 검 쪽하고 연계가 되나 싶어서⋯⋯."

"범인 윤곽 잡혔어?"

"그게 좀 확인이 필요해서⋯⋯."

"확인이라니?"

"그게 말이야⋯⋯."

김혁이 설명을 시작했다. 길지는 않았다.

"⋯⋯?"

설명을 다 들은 승우의 미간이 살포시 일그러졌다.

"가능하겠어?"

"김 검이 나를 신으로 아는 거 아니야?"

"신까지는 아니지만 영험한 초자연 무속검사라는 건 인정하지."

"젠장, 아예 직업을 바꿔야겠네. 무당으로⋯⋯."

"돼? 안 돼?"

"해보지, 뭐."

승우가 자리를 털고 일어섰다.

"당장?"

"아니면? 그 아이 유치원이 가깝다며?"

"오케이!"

김혁도 커피를 놓고 일어섰다.

피살 아동의 사체를 확인하고 유치원에 도착했을 때는 비가 멈추고 있었다. 승우는 우산을 접지 않았다. 이유가 있었다. 김혁이 시계를 보았다. 유치원이 파할 시간이었다.

"저기 세단 보이지?"

김혁이 비싼 외제차를 가리켰다. 그 앞에 선 귀부인이 보였다. 나이는 서른 중반쯤 되었을까? 옷차림부터 포스가 실린 여자였다.

"그 아이 엄마야."

"……."

"나온다!"

김혁의 시선이 유치원 입구로 향했다. 아이들이 몰려나오고 있었다. 노랑 원복에 노랑 가방을 짊어진 아이들은 정말이지 병아리처럼 보였다.

"집중해!"

한 남자아이가 여자를 향해 달리기 시작했다. 남자아이 가슴에 달린 이름표가 출렁거렸다.

〈이지우, 노랑반!〉

이름은 가방에도 써 있다. 유성펜으로 쓴 삐뚤빼뚤한 이름. 아이가 직접 쓴 모양이었다. 그나마 획수가 작아서 알아보기 쉬웠다. 이지우니까 다 해야 9획……

'민민……'

승우는 문득 민민을 생각했다. 민민에게도 저런 실체가 있다면, 그래서 저렇게 자기 이름도 쓰고 명랑하게 달릴 수 있다면……

민민은 열네 획. 미얀마 이름은 복잡하니까 다 쓰면 '이지우'보다 어렵겠지?

"송 검!"

"응? 알았어."

상념을 내려놓은 승우가 부적 한 장을 꺼내 들었다. 김혁을 위한 퍼포먼스였다. 그러면서 부적 사이로 후끈 신통력을 뿜었다. 습기를 뚫고 날아간 신통력이 여자 품에 안기는 아이의 눈에 닿았다.

'젠장!'

깊은 숨이 몰려나왔다. 영기였다. 피살된 장애아동의 영기가 맞았다.

흐린 빛이 뭉친 것처럼 보이는 영기. 그게 아이의 어깨 위에 있었다. 장애아동의 혼이 아이에게 달라붙은 것이다.

"김 검 예측이 맞는 거 같아."

승우는 괜히 손에 든 부적을 파르르 떨어보였다.

"확실해?"

"거의!"

"제기랄, 이 빌어 처먹을 새끼들."

김혁이 분노를 쏟아냈다.

"부모가 좀 사나본데?"

"살기만 해? 할아버지가 수천억 대 빌딩 재벌이야."

수천억 대?

돈!

이쪽은 돈지랄이 개입된 일 같았다.

"이지우 가족 계좌 추적하고 염동주, 그 새끼 당장 소환해!"

김혁이 전화로 수사를 지시하는 동안에도 승우는 민민이
잠든 손목을 계속 우산으로 가렸다. 그게 우산을 접지 않은
이유였다.

저 아이들이 누리는 작은 행복. 그걸 찾아 코리아로 왔던
민민이기에. 또래들이 누리는 저 행복조차 허용되지 않은 '존
재'이기에.

그래도 하늘은 승우 편이었다.

마침내 중국에서 쓸 만한 정보가 날아온 것이다. 저녁으로
육개장을 시켜먹을 때였다.

"이 사람……."

전송받은 자료를 출력하던 나수미가 몸서리를 쳤다.

"왜?"

유 계장이 돌아보았다.

"이 인간… 중국 사형수들 사체를 대상으로 불법 장기매매

를 알선하던 전문 브로커랍니다. 중국에서도 수배 중인데 얼마 전부터 신원 파악이 안 되고 있답니다."

"사형수들 장기매매?"

승우가 파득 고개를 들었다.

"중국은 공공연히 그런 걸 허용했었습니다. 그러다 몇해 전부터 국제 여론 등을 들어 중지시켰다고 들었습니다."

유 계장이 설명했다,

(중국 사형수들 장기매매 전문 브로커.)

수백 명 영기의 의문은 거기서 풀렸다. 그러니까 황재규, 한국에서 수백 명의 장기를 적출한 건 아니라는 뜻이었다.

"이 사람이 중국으로 장기를 이식 받으러왔던 한국인들과 주로 거래를 했답니다. 몇몇 한국인에게서는 부작용으로 고소까지 당했다고 합니다."

나수미가 먼저 출력된 자료를 승우에게 건네주었다.

─중국명 황종혁.

─실제 나이 58세.

─상하이 소재 수의과대학의 수의사 출신.

─그러나 사람을 상대로 수술 등을 실시해 일찌감치 면허 취소.

승우의 눈에 놈의 진짜 신원이 들어왔다.

황종혁……

획수가 많았다. 자신도 모르게 쓰다 보니 21획이나 되었다.

'21?'

괜한 호기심에 진혁균의 이름도 썼다.

"……?"

우연일까? 그 이름도 21획이었다.

"그림이 나오는군요. 그러니까 사형수들 장기매매를 못하게 되자 돈 벌이가 끊겼고……. 그 와중에도 한국 쪽의 오더는 계속 들어왔겠지요. 그렇게 되면 수요와 공급의 법칙에 의해 금액은 치솟았을 테고……."

유 계장이 말했다.

"금융계좌나 송금 경로 다시 체크해."

승우가 황재규 본명의 서류를 차도형에게 넘겼다.

"그러고 보니 돈이 나오지 않았죠?"

유 계장이 물었다.

"예, 손가방 속에 든 2천만 원이 전부였습니다."

"돈은 어디로 치웠을까요? 보아하니 중국에서도 수배중이라면 본명으로 송금하지는 않았을 듯한데……."

"아무래도 어디 단단하게 은닉하지 않았을까요?"

"그러니까 어디?"

"오리무중을 찾아내는 건 검사님이 전문이신데……."

유 계장과 대화하던 차도형이 승우를 바라보았다.

"굿 한판 하라고?"

승우가 응수했다.

"아닙니다. 그 지하실은 천장이 낮아서 칼춤도 못 추겠던데요?"

지하실 천장!

그러고 보니 지나칠 정도로 낮았다. 태어나서 그렇게 낮은 천장은 처음이었다.

"주인에게 전화해서 확인해 봐. 원래 그런 구조인지……. 아니. 아예 내가 가보지."

차도형에게 지시하던 승우가 자리를 털고 일어섰다.

"같이 가시죠."

유 계장의 눈짓을 받은 차도형이 따라나섰다.

그 천장이 대박이었다. 황재규가 구조를 바꾼 것 같다는 주인 말을 들은 승우, 인테리어 업자를 불러 천장 일부를 떼어냈다.

그러자!

위에서 5만 원권과 100위안짜리 중국화폐 다발이 수도 없이 떨어졌다.

돈!

뭉치별로 방수포장까지 끝난 상태. 빼돌리기 위한 준비 단계로 보였다. 대충 세어도 20억이 넘는 거금이었다.

고맙게도 메모수첩도 나왔다, 마당발 브로커였으니 머리로 기억하는 데는 한계가 있었던 것. 게다가 나이 탓인지 핸드폰 사용 능력이 떨어지고 컴퓨터는 해킹 등을 믿을 수 없었으니 메모가 최상이었다.

L.Y.I.

승우는 한 이니셜에 주목했다. 5라고 써진 것으로 보아 수 수한 돈은 5억인 모양.

'LYI면 혹시 이양일?'

김혁에게 전해들은 빌딩 재벌의 이름이 생각나 확인을 했다. 날짜는 대략 맞았다. 장애아동이 실종된 날과 이지우가 유치원을 결석한 날들이 겹치고 있었다.

'나이쓰!'

쾌재가 저절로 나왔다. 이거라면 황재규의 침묵의 성을 깨뜨릴 수도 있었다.

딸깍!

승우가 조사실에 들어섰다. 조사실은 불이 꺼져 있었다. 승우의 주문이었다.

황재규는 혼자였다. 그 또한 승우의 주문이었다. 황재규는 고개를 들지 않았다. 수갑 찬 손으로 그저 왼손목의 염주알을 만지작거렸다. 승우를 무시하는 것이다.

후읍!

승우는 황재규를 향해 영력을 뿜었다. 아직 뇌리에 또렷한 장애아동의 영기를 보려는 의도였다.

몇 개의 가닥이 반응을 해왔다. 그리고 결국 안면근육이 불뚝거리고 말았다. 이지우의 얼굴에 붙은 영기. 제 눈을 내주고 가엾게 붙어사는 그 영기. 장애아동의 영기가 그의 손에서 희미하게 느껴졌다.

"여덟 살짜리까지 열었나?"

"……."

선제타를 날린 승우의 말에 황재규의 눈자위가 움직였다.

"그 눈은 부동산 재벌에게 5억에 넘겼더군."

"……."

놈의 얼굴은 여전히 바닥에 고정. 그러나 눈알 굴리는 소리가 들려왔다.

또르르 또르르.

승우는 그의 갈등에 쐐기타를 날려주었다.

"안 그런가? 황종헌?"

"……!"

왈딱, 놈의 시선이 올라왔다. 승우는 말없이, 중국 공안에서 보내준 수배 자료를 던져 놓았다. 중국어 원문 그대로.

"……!"

파르르, 마침내 황재규의 시선이 떨리는 게 보였다.

이제는, 이제는 본격적으로 닦아세울 타이밍이었다.

승우는 소리 없이 수첩을 꺼내들었다. 천장을 뜯어내고 발견한 그 수첩이었다.

"알지?"

"……?"

"돈다발하고 같이 있더군."

수첩을 들이밀자 황재규는 본능적으로 가로채려 나섰다. 하지만 그의 손에 닿은 건 허공일 뿐이었다.

"돈은 오늘 환율로 따져 21억 4천 8백만 원가량."

"……"

"지금까지 나온 것만으로도 너는 최소한 사형이야!"

"……"

"신분 세탁을 제대로 해서 같이 일한 사람들도 당신 실체를 잘 모르더군. 한국말은 어디서 그렇게 배웠어?"

"……"

"중국에서는 사형수들 장기매매를 주로 했다고?"

승우는 의자를 당겨 오른쪽 다리를 올려놓았다.

"아무튼 진혁균이 일을 망쳤지? 느닷없이 죽어서 병원에 실려가는 통에 말이야."

"……"

"사실 감쪽같이 모르고 넘어갈 수도 있는 일이었어. 진혁균의 심장이 기묘한 메시지를 주지만 않았다면 말이야."

기묘한 메시지.

그 말이 귀에 거슬린 걸까? 황재규가 시선을 바르게 들었
다. 그리고 믿기지 않는 말을 던져왔다.

"양쓰이?"

양쓰이. 양은 둘이라는 뜻이고 스는 십, 이는 하나를 말하
니 스물 하나라는 뜻.

"알아?"

이번에는 승우가 시선을 들었다.

"죽어서도 그 심장이 스물한 번의 발작을 했단 말이오?"

황재규의 목소리가 흔들리고 있었다. 그렇다면 황재규도 스
물한 번의 이상 현상을 보았다는 얘기. 황재규가 보았다는 건
산 사람의 몸에서 심장을 꺼내놓았을 때의 일.

분리된 심장의 발작?

오, 마이 갓!

그 심장에게서 대체 무슨 일이 일어났었단 말인가?

*   *   *

심장!

김성애의 심장은 진혁균이 내건 옵션이었다. 이런저런 브로

커로 잔뼈가 굵어온 진혁균. 두어 번 안면 있는 꾼의 소개로
황재규를 만났다.

황재규의 사업은 가히 충격적이었다. 동시에 구미가 당기는
일이었다.

한 통나무당 1억!

여기서 말하는 통나무는 장기제공자를 뜻하고 있었다.

기획부동산의 몰락으로 빚까지 지고 있던 진혁균에게는 피
할 수 없는 유혹이었다. 더구나 통나무의 품질은 가리지 않는
다는 조건이 붙었다.

황재규에게 콜을 날린 수요자는 넘치고 또 넘쳤다. 중국 사형
수 라인이 끊기자 한국의 수요자들은 배팅에 배팅을 거듭했다.

국내 장기기증은 끝이 없을 정도로 밀려 있었다. 합법적으
로 등록하고 기증자가 나타나기를 기다리기에는 가진 자들의
조바심이 너무 컸다.

〈돈이면!〉

그들의 사고방식도 한몫을 했다. 일부 삐뚤어진 '가진 자'들
은 수단과 방법을 떠나 장기를 원하고 있었다. 위험하지만, 돈
이 되는 일이었다.

중국 공안의 눈을 피해 한국으로 건너온 황재규. 밀입국 과
정에서 지능이 좀 떨어지는 중국동포 한 사람을 꼬드겨 통나
무로 만들었다. 성공이었다. 그 돈으로 한국에 자리를 잡고

본격 작업에 나섰다.

우선 폐기하는 의료 장비를 구했다. 한국의 폐기 장비는 퀄리티가 좋았다. 완전히 고장 난 게 아니라 사용연한에 따른 장비 교체가 많았던 까닭이었다.

장기 제공에 대한 조직적합성 검사는 의사를 통해 해치웠다.

그 또한 돈의 힘이었다. 보이스 피싱에 당해 거액을 날린 의사. 급전이 필요한 약점을 이용했다. 한 번이 통하자 다음부터는 문제도 없었다.

다음으로 필요한 게 조직이었다.

통나무를 공급하고 처리할 팀이 필요했다. 첫 만남에서 진혁균과 손을 잡았다. 다소 망설이는 그에게 대박 제안을 날렸던 것이다.

"당신에게 새 심장과 신장을 달아주지."

제안은 당연히 먹혔다. 그 얼굴에서 이미 심장병의 단서를 잡아낸 황재규였다. 진혁균은 반신반의했지만 새 삶을 살 수 있는 절호의 기회를 놓치지 않았다.

김성애!

그녀가 통나무의 대상이었다. 이미 예전에 신장 제공을 꼬드기며 검사까지 받아둔 상태.

어려운 처지인 걸 아는 통에 양심이 찔리긴 했지만 내가 먼저 살고 볼 일이었다.

술 한잔하자는 핑계로 김성애를 불러냈다. 내일이 딸 생일이라고 들어가야 한다는 걸 케이크를 사준다는 말로 눌러 앉혔다.

술에 약을 넣었다. 그리고 행당동 작업실로 여자를 옮겼다. 거기까지는 좋았다. 황재규에게도 마찬가지였다. 오학균은 심장과 신장 하나면 될 일. 다른 장기와 눈은 덤으로 남을 일이었다. 더구나 눈의 각막은, 천만금을 불러도 수요자가 콜할 정도로 수요가 밀려 있었다.

그런데!

김성애의 심장을 떼어냈을 때 기이한 일이 일어나고 말았다.

"이 여자 딸이 있는데 좀 떨빵하다고?"

황재규가 옆 수술대에 오른 진혁균에게 물었다.

"걔는 이 수술하는 거 봐서 결정하리다."

진혁균이 대답했다.

"보고 말 것도 없어. 무조건 성공이니까 수술 끝나면 바로 데려와."

"쉬잇, 저 심장이 듣겠소."

진혁균의 시선이 분리된 심장으로 옮겨갔다.

그때였다.

푸슛!

소리와 함께 핏물이 튀었다.

"응?"

진혁균을 마취하려던 황재규가 돌아보았다. 그는 눈을 의심했다. 심장이… 심장이 통통 튀고 있었다. 마치 담겨진 냉장박스 안에서 탈출이라도 하려는 듯.

딸깍!

놀란 황재규가 박스 뚜껑을 닫아버렸다. 잠시 침묵이 지나갔다.

그럼 그렇지.

심장이 조용해지자 황재규는 진혁균을 향해 돌아섰다. 그런데.

퉁!

냉장박스가 흔들렸다. 심장이 다시 발작을 시작한 것이다.

퉁퉁퉁!

박스는 거칠게 흔들렸다. 놀란 황재규와 진혁균, 서로를 바라볼 뿐 움직이지를 못했다. 황재규의 신호를 받은 수술 보조가 박스를 눌렀다. 박스는 다시 조용해졌다.

"스물한 번……."

그 말은 보조의 입에서 나왔다. 황재규가 맹렬하게 쏘아보았다. 그런 걸 세다니? 원망하는 눈빛이라 보조는 시선을 비켜 버렸다. 박스로 다가선 황재규는 천천히 뚜껑을 열었다. 심장은… 얌전했다.

하지만 잠깐, 아주 잠깐 동안이었다.

다시 꿈틀 움직인 심장은 푸슛, 핏물을 뿜어냈다. 핏물은 기묘하게도 황재규의 가슴팍에 튀었다.

"뭐야?"

황재규가 비켜섰다.

퓨슛!

핏물이 다시 튀었다. 이번에는 진혁균의 가슴팍이었다.

"스물한 방울씩이에요!"

보조는 그 말을 다 끝내기도 전에 나가떨어지고 말았다. 부아가 치민 황재규가 주먹을 날린 것이다.

스물한 번!

스물한 번의 기억은 그게 끝이었다. 그러나 황재규의 기억에서도, 진혁균의 기억에서도 가시지 않고 남아 있었다.

"그러니까 김성애의 딸을 통나무로 만들자는 말 이후에 그런 일이 벌어졌다?"

승우가 물었다.

"그렇소."

"그때까지 김성애의 숨은 끊어지지 않았나?"

"당연히 끊어졌지만 체온은 남았었소."

"개자식들!"

"당신이 본 스물하나도 같은 거였소?"

황재규의 낮은 목소리…….

"내가 본 스물하나는 네 이름이었어. 황종헌."

"……?"

"한국어 잘하니 알겠지? 네 이름의 한국어 획이 21획이라는 거?"

"……?"

"몰라? 그럼 한자의 파자를 생각해."

"아…….”

"그리고 또 진혁균……. 그 인간 이름도 21획이지."

"…….”

"김성애의 간절함……. 자기 딸을 죽인다는 소리에 온 혼을 다해 심장으로 너희 범행을 알려준 거야. 알아?"

"……!"

"그 애절함 덕분에 우리가 그분 딸을 구했고."

"티안 아!"

사람을 동물 열 듯 열어젖힌 희대의 악마가 입을 쩌억 벌렸다. 머리에 지진이 나는 소리가 들렸다.

그사이에 승우도 슬쩍 한숨을 돌렸다.

사실 승우가 준비한 답은 그게 아니었다.

심장은 이름 따위는 쓰지 않았다. 그저 눈물을 흘렸을 뿐. 하지만 우연하게 일치한 황재규의 본명과 진혁균의 본명이 스물한 획인 것이 도움이 되었다. 그 임기응변이 황재규를 무너뜨린 것이다.

왜냐하면 그의 이름 황종헌은 오른팔 격인 진혁균도 모르는 일이었다. 그런데 심장이 알고 있다니. 어찌 공포스럽지 않을까?

"대국 사람답게 쿨하게 가자고!"

승우, 닦아세우기보다 프라이드를 가질 구실을 주었다. 이제는 놈의 구체적 진술이 필요할 때였다.

승우의 말을 들은 황재규는 자기 손을 바라보았다.

"하긴……."

피식 웃은 그가 뒷말을 이었다.

"그 여자 관상동맥이 잘릴 때 기분이 이상했었어. 몸부림을 치는 것 같더라고."

나머지는 일사천리였다. 모든 것을 포기한 황재규는 범행일체를 털어놓았다.

황재규의 라인은 두 개였다. 그 하나는 진혁균. 그는 홍석진과 장용을 데리고 일했다. 또 하나의 라인은 염동주. 유치원생 이지우에게 각막을 준 장애아동을 납치한 조직이었다. 그역시 부하 하나만을 두고 일했다.

주범 황재규가 입을 열자 나머지는 자동이었다. 승우는 그

중에서도 홍석진을 주목하고 있었다. 그가 진혁균의 그림자였기 때문이었다.

"진 형님 심장 수술 후에 일어난 일 말입니까?"

승우의 오더를 받은 홍석진이 물었다.

"그래."

"좀 이상한 일이라면 사실 한둘이 아니지요."

그가 입을 열었다. 승우는 가만히 귀를 세웠다.

"저도 사실은 김성애 심장을 받은 건 줄은 몰랐습니다. 완전 재수 똥 밟은 거지요."

획!

결재판이 나가다 멈췄다. 때릴 가치도 없는 쓰레기들이었다.

"아무튼 그 수술 받고 두 번인가 죽을 뻔했습니다. 한 번은 그 똘아이 딸 납치하다 진 형님이 핸들을 잘못 돌리는 통에 그랬고……."

퍽!

승우, 기어이 결재판을 휘두르고 말았다. 반규인을 똘아이라고 부른 말에 격분한 것. 그녀가 설령 인지기능이 약간 모자라다고 해도 이 인간들보다는 백 배 천 배나 고귀한 삶이 아닌가?

"핸들은 왜?"

"에이, 씨……. 왜는요? 뭐 심장이 갑자기 벌떡거렸다나?"

"또 한 번은 뭐야?"

"그년 신고 나가려 할 때요. 진 형님이 문대신 엉뚱하게 드럼통을 미는 바람에 그 위 물건이 쏟아져서 우리 덮쳤거든요. 그것도 묘하게 형님하고 나만……. 뭐 그 덕에 그년 수술이 미뤄진 거지만요."

"그것도 진혁균 심장 발작이야?"

"아시네?"

픽!

이번에는 세게 쳐 버렸다. 조사가 끝났다는 신호였다.

"데리고 나가."

승우는 옆에 있는 권오길에게 신호를 보냈다.

잠깐의 사이를 두고 김혁이 올라왔다. 승우는 그와 수사 분담을 하고 있었다. 김혁이 맡았던 장애아동 실종 사건. 그 사건과 연관된 초유의 장기 적출 사건. 따라서 황재규에게서 나온 예약자 명단에 대한 수사를 부탁했던 것.

"분위기 어때?"

승우가 물었다.

"어마어마해. 국회의원에 각급 기관장까지 있더라고."

"죄다 오리발?"

"예상하고 나한테 준 거 아니야?"

"전화기 불나지?"

"불나다 못해 다 타버릴 지경이야. 빨리 정리하자고."

"이지우 각막이식 검사 확인은?"

"방금 마치고 오는 길이야."

"장애아동 부검하고 맞춰봤겠네?"

"물론."

"맞아?"

"물론!"

김혁이 고개를 끄덕였다. 이지우가 죽은 아동의 각막을 받았다는 뜻이었다.

"이지우는 모르지?"

"당연히 비밀로 했어. 애야 무슨 죄가 있나? 그 부모가 죄지."

"기소문은 김 검이 맡아줘."

"엥? 그 방대한 걸?"

"노가다라서 싫다?"

"반땅 치자고. 내가 지금 청탁 전화에 압박 전화에 얼마나 시달리는지 알아?"

"왜 이러셔? 나는 아직도 못 찾은 사체가 있거든."

"그, 그건……."

"업무 바꿀까?"

"……."

"싫으면 빨리 퇴장해. 나 진짜 노가다 뛰러 가야 해."

"아, 진짜… 울어야 할지 웃어야 할지……."

김혁이 머리를 긁으며 돌아섰다.

"아, 기왕에 고민하는 김에 말이지……."

승우는 김혁에게 보너스를 안겨주었다.

"이지우 할아버지 이양일이 있잖아? 부동산 재벌 말이야."

"그 인간 왜?"

"전격 세무조사도 부탁해. 이런 검은 거래나 하는 인간 그냥 둘 수 없잖아?"

"알았어, 알았다고!"

김혁은 볼멘소리를 퍼부으며 조사실을 나갔다.

"민민……."

텅 빈 조사실의 승우, 손을 들고 민민을 불러냈다.

"밍글라바!"

"오케이, 밍글라바!"

"영기 찾으러 가자고요?"

"그래야 하지 않겠어? 안 그러면 우리의 파릇한 의경들, 산자락에서 코피 터질지도 모르는데……."

"좋아요."

민민이 밝게 대답했다.

민민이 날았다.

승우는 뛰었다.

그렇게 사체유기 장소를 뛰다보니 발굴이 끝났다. 그나마 몇 구는 오래된 게 고마웠다. 부패되어 백골만 남았으니 장기 적출 표시가 나지 않은 것이다.

사건의 반향은 컸다. 한국 사회에 만연한 극한의 이기주의가 도마에 올랐다.

내 자식!

내 부모!

돈으로 줄을 대고 돈을 위해 인명을 도구로 사용한 범행. 장애아동의 희생부터 김성애의 희생까지 모두의 마음에 경종을 울리고 말았다.

승우는 김성애의 장례식에 참석했다. 연고자라고는 인지장애인 반규인밖에 없었기 때문이었다. 진혁균에게서 수습한 심장은 원래의 몸에 넣어 함께 화장을 했다.

반규인은 작은 십자가를 끌어안은 채 엄마의 뼈를 기다렸다. 한 시간이 좀 더 지나자 유골이 나왔다.

그런데!

"……?"

유골을 본 승우는 놀라움을 감추지 못했다. 심장 때문이었다. 가슴 부위에 올려두었던 심장. 불길에 타버린 심장은 놀랍게도 원래의 형체를 다소 유지하고 있었다.

"응?"

화장장 직원도 이상한지 심장을 건드려 보았다. 하얗게 탄 심장은 반규인의 눈이 닿고서야 파스스 재가 되어 흘러내렸다.

"엄마, 꼭 천국에 가세요!"

십자가를 쥔 반규인의 기도가 끝없이 계속되고 울려 퍼졌다.

21g.

스물한 방울.

그리고 스물한 번의 박동.

믿기지 않는 수수께끼를 남기며 딸을 구해낸 심장은 영원한 휴식에 들어갔다. 동시에, 그 딸의 마음에, 승우의 마음에 영원히 남을 것 같았다. 승우는 유골함을 받아든 반규인을 따라 걸었다.

언제까지나, 반규인이 엄마의 간절함을 기억하길 바라며……

죽어서도 멈추지 않은 딸에 대한 간절함을 잊지 않기 바라며……

7장

금발의 거주

황재규와 공범들은 구치소로 수감되었다. 사건은 공판검사에게 넘어갔다. 조서를 맺으며 승우는 이 사건이 시대적 환경과 맞물린 것임을 절감했다.

　장기이식!

　그 기술은 몰라볼 정도로 발전했다. 바야흐로 인체의 거의 모든 기관을 이식할 수준에 도달한 것이다. 나아가 인간의 수명이 늘었다. 그러다 보니 인체 각 부분이 망가지는 사람이 많았다. 예전 같으면 죽을 사람들이지만 부족한 장애를 안고도 살 수 있게 된 것이다.

더불어 자본주의가 꽃을 피웠다. 대한민국도 선진국 대열에 머리를 들이 밀면서 먹고살 만한 나라가 되었다. 금전적 여유가 있는 사람이 많다는 뜻이었다.

―장애가 생겼지만 돈은 많은 사람.

―거기에 장기이식 수술 수준도 OK.

필요한 건 오직 장기뿐.

그런데, 이게 절대부족이었다. 장기은행이 있다지만 차례를 기다리려면 함흥차사. 차례가 오기 전에 죽을 수도 있었다.

거기에 이기심이 파고든 것이다. 돈이면 뭐든 해결할 수 있다는 금전만능주의가 마침내 장기 적출이라는 괴담을 현실로 끌어냈다.

수사 마무리 시점에서 몇몇 의료인과 시약수입상들도 쇠고랑을 피하지 못했다. 그들은 황재규에게 협력했고 황재규가 필요로 하는 시약들을 팔았다.

마취제와 진통제, 의료용 봉합실 등이 그것이었다. 사회의 구멍은 이렇게 뚫린다. 그리고 그 구멍은 자칫 사람의 목숨을 앗아가게 되는 것이다.

그 말미에 승우는 청와대의 식사 초청을 받았다.

청와대 만찬!

검찰총장이 직접 전해온 내용이었다.

"총장님!"

일방적 통보를 받은 승우, 통화의 말미에 슬쩍 입을 열었다.

―말씀하시게.

"죄송하지만 숟가락 몇 개만 더 올리면 안 될까요?"

―무슨 뜻인가?

"아시겠지만 이 사건, 저 혼자 해결한 게 아닙니다."

―송 검사!

"총장님이 밀어주셨지만 저 혼자라면 해낼 수 없을 일이었습니다. 처음부터 포기했겠지요."

―……

"한 번 튀어보려고 말씀드리는 게 아닙니다. 좁은 소견이지만 이번 기회에 높은 곳에서 검찰이나 경찰을 바라보는 시각도 변해야 한다고 봅니다."

―실무진을 함께 초청해 달라?

"송구합니다."

―거절하면 초대에 응하지 않을 태도로군?

"죄송합니다."

―몇이나 데려가길 원하나?

"저희 방 직속 수사관이 다섯입니다."

―열 명이 아니라 다행이군.

총장이 웃었다.

―이거 자네 덕분에 숟가락 몇 개에 내 목 걸게 생겼어?

"죄송합니다."

—알아보고 전화하겠네.

총장의 전화가 끊겼다.

"검사님!"

전화기를 내려놓는 승우에게 수사관들의 시선이 쏠려왔다. 그 눈빛은 일제히 '미쳤어요?' 라고 말하고 있었다.

어차피 전례가 없는 일이었다. 승우 하나만 불러주는 것도 어딘가? 그냥 넙죽 받아먹으면 될 일을 수사관들을 내세워 판을 깨려하다니?

"안 됩니다. 검사님 혼자라도 가십시오."

유 계장이 수습에 먼저 나섰다.

"맞습니다. 우리 같은 말단이 무슨 청와대입니까?"

차도형도 한마디 거든다.

"검사님!"

나수미는 눈빛으로 압박 가세. 하지만 승우는 피식 웃으며 모두의 우려를 밀어내 버렸다.

"나 모릅니까? 개막장검사 송승우. 그깟 청와대가 대숩니까? 우리는 같이 죽고 같이 삽니다."

"검사님……."

나수미가 울상을 지을 때 다시 전화벨이 울렸다.

"검사님, 총장님……."

전화를 받은 나수미가 전화를 돌렸다.

"총장님!"

—내 목 보이나?

총장이 물었다. 목소리가 밝았다.

"안 짤리셨군요?"

—그래. 청와대에서 수락해 주었네. 그것도 괜찮겠다면
서…….

"와우!"

승우의 주먹이 허공을 후려쳤다.

"……!"

통화가 끝나자 수사관들의 분위기는 아까와 많이 달랐다.
다들 입이 붙었는지 일언반구 말이 없는 것이다.

"왜들 그래요? 청와대 갈 준비해야죠."

"으악!"

승우의 말에 차도형이 비명을 질렀다.

"왜 그래?"

"진짜 가는 겁니까? 청와대?"

"뭐야? 아까는 가라고 해도 안 갈 것 같더니……."

"으아악, 권 수사관. 우리가 청와대 간다는데?"

"그러게요. 집에다 전화해야겠어요."

"나도요!"

권오길과 나수미는 번호를 눌러대느라 바빴다.

"허헛, 진짜 가는 겁니까?"

유 계장도 믿기지 않는 표정이다.

"두 분 승진 축하 턱입니다. 그렇잖아도 통나무 사건 때문에 바빠서 회식 한 번 못 했지 않습니까? 청와대 앞마당에서 회식하자고요."

승우가 웃었다.

"으아, 나도 와이프에게 전화해야겠습니다. 6급을 청와대에서 달아준다고!"

차도형도 즐거운 비명을 질렀다. 그 옆의 석 반장도 푸근한 미소가 가득이다. 승우, 그제야 수사관들에게 작으나마 보답을 하는 기분이었다.

청와대가 대수는 아니지만 수사관들에게는 사기 진작의 계기가 되는 건 확실하니까.

청와대야, 땡큐!

승우는 혼잣말로 중얼거렸다.

*　　　　*　　　　*

똑똑!

노크가 필요하지 않았다. 유정하의 병실은 절반쯤 열려 있었다. 오늘도 여직원 두 명은 문 앞에 석상처럼 버티고 있다. 그녀들은 엉거주춤 승우를 맞았다.

안을 보니 손님이 있었다.

"좀 전해주시겠습니까?"

들고 온 꽃다발을 여직원에게 건네주었다. 퇴원이 결정된 유정하. 피치 못할 인연이었기에 안부나 체크하러 온 길이었다.

그런데!

"검사님!"

엘리베이터로 돌아설 때 여자 목소리가 승우 발을 잡아챘다. 돌아보니 그녀의 어머니였다. 승우는 그녀를 향해 묵례를 올렸다.

"아유, 왜 그냥 가세요?"

"손님이 많은 거 같고… 좀 바빠서요."

"그러면 우리 정하가 섭섭해하죠. 이리 오세요."

그녀가 승우 팔을 끌었다. 뿌리치는 것도 우스워 그대로 끌려갔다.

"누구?"

병실 안에는 또 다른 사람이 있었다. 유정하와 비슷해 보이는 이미지. 대충 봐도 그녀의 아버지였다.

"지검 근무하는 검사님이세요. 우리 정하랑 만나는……."

"그래에?"

아버지가 다가와 손을 내밀었다. 그 손을 잡았다.

유환철. 고위관료를 지낸 기업인답지 않게 소탈해 보였다. 이어 명함 한 장이 넘어왔다. 승우도 예의상 명함을 건네주었다.

"검사시라고요?"

"예……."

"잘 오셨군요. 우리 정하 좀 잡아가서 독방에 한 달만 넣어주세요. 원 딸 하나 있는 게 천방지축 속을 썩이니……."

유환철이 웃었다.

"아빠는 알지도 못하면서……. 두 분은 나가기나 하세요."

상체를 일으키고 있던 유정하가 도끼눈을 떴다.

"어이쿠, 여보. 나갑시다. 여기 있다가는 눈치 없다고 SNS에 뜨겠소."

유환철은 너스레를 떨며 복도로 나갔다.

"이거 보냈어요?"

유정하가 퉁명스레 꽃다발을 들어보였다.

"예……."

"가져왔으면 직접 주지. 죄졌어요?"

"……."

"뭐 보상이라도 하러 왔대요?"

"여전하군요."

승우가 웃었다.

"그럼 내가 여기서 징징거려야 송 검사님 마음이 편하겠어
요?"

"뭐 그런 건 아니지만……."

"배고픈데 밥이나 한 끼 쏘고 가세요."

"시켜드릴까요?"

"왜요? 나랑 같이 다니기 쪽 팔려요?"

"그게 아니고 들릴 곳이 있어서……."

"미루세요. 검사가 그 정도 파워도 없어요?"

"그게 나보다 높은 사람이라서……."

"검사보다 높은 사람?"

"대통령이 밥을 쏜다는군요. 같이 갈래요?"

"……?"

"다녀와서 쏘죠."

"됐어요. 내가 무슨 춘향이인 줄 알아요. 그때까지 쫄쫄 굶
고 있게?"

"완전히 다 나은 거 같군요."

"피이!"

"금 간 뼈는 잘 붙었어요?"

"됐으니까 가서 식사나 하세요. 대통령하고!"

유정하가 볼멘소리를 토했다. 그럴 때는 천상 여자였다. 뾰루퉁 삐친 여자…….

"퇴원 잘하세요."

승우가 마지막 인사를 남겼다. 그러자 유정하가 손을 잡아챘다.

"검사님!"

"……?"

"돌아보지 마세요. 우리 엄마가 지금 여길 엿보고 있거든요."

"……?"

"이마에 키스 한 번 하세요. 뭐 내키지는 않지만 나도 체면이 있으니까."

"해도… 돼요?"

"이미 그보다 더한 만행도 저질렀다면서요?"

"그야 정하 씨가 먼저 유혹을……."

"그래서요? 마음에도 없는데 유혹을 당했다는 건가요?"

"그건 아니고……."

"아, 진짜 답답하게……."

기다리던 유정하, 더 참지 못하고 승우 얼굴을 당겨 키스를 작렬했다.

"됐어요. 우리 엄마… 내가 선머슴 같아서 남자 하나 없다고 맨날 구박이거든요. 이제 한 십 년은 잔소리 셧아웃일 거예요."

유정하가 승우를 놓아주었다.

"……"

"많이 먹고 와요."

볼일 끝났다는 듯 손을 흔드는 유정하. 승우는 그런 그녀를 당겨 입술을 포개고 말았다.

"읍!"

잠시 버둥거리던 유정하, 승우의 입술을 가만히 받아들였다.

"기왕 오해받으려면 제대로 해야죠. 갑니다!"

승우가 돌아섰다. 복도로 나온 승우는 유사장 부부에게 묵례를 하고 엘리베이터로 걸었다. 그사이에 유정하의 엄마가 병실로 뛰어 들어갔다. 돌아보지는 않았다. 주차장에서 수사관들이 기다리고 있기 때문이었다.

청와대로 갈 시간이 임박해 있었다.

"얘!"

병실로 돌아온 유정하의 엄마가 창가로 다가섰다. 유정하는 거기 서서 밖을 보고 있었다.

"빨리 말해. 둘이 보통 사이 아니지?"

엄마가 다그쳤다. 원래 엄마는 장성한 딸에 대해 궁금한 게 많은 존재였다.

"보고도 몰라?"

엄마를 향해 돌아선 유정하가 목에 힘을 주었다.

"결혼 얘기도 나오니?"

"몰라, 옷하고 화장품이나 가져오라니까 이게 뭐야?"

유정하는 짜증을 부리며 침대에 앉았다. 작은 테이블 위에 놓인 거울을 집어 들었다. 몰골은 속된 말로 개판 오 분 전이었다. 지나가는 동물에게라고 예뻐 보이고 싶은 게 여자의 마음. 그런데 오늘도 무방비로 승우를 만나 버렸다.

"잤니?"

엄마의 질문은 절정에 달했다.

"엄마!"

유정하의 목소리가 높은 톤을 그릴 때 승우의 차는 병원을 나서고 있었다. GPS에 입력된 장소는 청와대였다.

*　　　*　　　*

청와대!

오늘 만찬은 곰탕이었다.

"여러분이 우직한 곰처럼 직분에 충실해 주어 고맙군요."

대통령의 치사를 들으며 식사를 했다.

"애로는 없나요?"

대통령이 물었다.

"없습니다."

승우가 대답했다.

식사가 진행되는 동안 나수미의 안색이 좋지 않았다. 뭔가 목울대에 잔뜩 걸린 표정이다. 승우는 그 의미를 알았다.

나수미는 여자다. 여자는 이럴 때 하고 싶은 일이 있다. 식사보다 더 중요한 것. 여자들만의 그것……

"저기……."

그 막힌 걸 승우가 뚫어주었다. 인증샷 촬영을 허락받아 준 것이다.

찰칵!

찰칵!

나수미는 숨도 쉬지 않고 거푸 곰탕을 찍었다. 그러자 차도형도 슬쩍 그 대열에 꼽사리를 끼었다.

찰칵!

식사가 끝나고 승우와 수사관들은 대통령과 기념사진을 찍었다. 이번에는 야외의 거목 앞이었다. 대통령이 들어간 후에 승우가 꺼내 든 건 캔맥주였다.

"우리는 뽀대나게 여기서 승진 축배 듭니다. 다들 하나씩

따세요!"

승우가 말했다.

"이거 여기서 마셔도 돼요?"

나수미는 안절부절이다.

"구속되면 내가 책임질 테니까 드세요!"

뻑!

승우가 먼저 캔을 땄다.

뻑뻑뻑!

수사관들의 소리가 뒤를 이었다.

"국민을 위하여, 별관을 위하여, 유 계장님과 차 수사관의 승진을 위하여!"

승우가 캔들 치켜들었다. 가볍게 캔을 마주친 수사관들은 캔을 일제히 비워냈다.

"크하, 맥주 맛 죽인다. 이거 죽어도 잊지 못할 겁니다."

"저도요!"

차도형과 권오길이 너스레를 떨었다. 승우가 웃었다. 수석 비서관에게 허락을 받은 이벤트. 맥주 맛은 승우에게도 괜찮았다.

승우네 일동은 청와대를 나와 커피 전문점으로 들어갔다.

"어휴, 청와대가 좋은 것만은 아니네요."

나수미가 먼저 뼈마디에 맺힌 긴장을 밀어냈다.

"그러게. 저기서 숨 막혀서 어찌 사누?"

석 반장도 거든다.

"아, 다들 내숭은……. 저기 들어가고 싶어 안달인 사람이 얼마나 많은데……."

그래도 역시 차도형. 유들유들 분위기를 이끌고 있다. 그러고 보니 청와대에서 곰탕도 두 그릇이나 해치웠다. 성격 하나는 대통령급이었다.

"기분들 어때요?"

차를 마시며 승우가 물었다.

"좋지요. 곰탕에 캔맥주에……. 솔직히 청와대 아무나 초청받습니까?"

유 계장의 옷은 최신 양복이었다. 대통령을 만나러 간다고 하니 와이프가 새 걸 대령했단다.

"저는 아까 찍은 사진이나 보내줬으면 좋겠어요. 자랑질 좀 하게요."

나수미는 연실 핸드폰을 보고 있다. 청와대에서 찍은 곰탕을 보고 또 보는 것이다.

"잘 나왔어?"

권오길이 고개를 디밀었다.

"쏴드려요?"

"그럼 좋지."

"유 계장님은요?"

"땡큐!"

결국 나수미와 차도형의 사진은 수사관들이 공유하게 되었다.

"아무튼 다들 좋아하니 좋네요. 발동 건 김에 2차 달릴까요?"

"좋아요!"

나수미의 목소리가 높아졌다. 그녀는 완전히 업된 모습이었다.

"유 계장님과 차 수사관 승진을 축하하며!"

승우가 선창하자 수사관들도 뒤를 이었다. 장소는 경복궁역 근처의 김봉임 해물찜이었다. 정갈한 비주얼 못지않게 감칠나는 맛이었다.

첫잔은 차도형이 소맥을 말아주었다. 나머지는 각자 취향대로 달렸다. 술맛 나는 날이었다.

"그럼 내일 뵙겠습니다."

유 계장을 필두로 수사관들이 멀어졌다. 환하던 날은 어느새 저물어 버렸다. 승우는 경복궁을 향해 걸었다. 민민에게 궁을 보여줄 생각이었다. 그래서 대리기사 호출도 조금 미룬 상태였다.

경복궁!

사람이 많았다. 외국인도 많았다.

"어때?"

승우가 민민에게 물었다.

"예뻐요."

민민도 좋아한다.

그때 한 무리의 외국 유학생들이 와자지껄 승우 곁을 지나 갔다. 한국말 솜씨가 보통이 아니다.

그 뒤로 금발의 아가씨와 중년 여성이 보였다. 찰랑거리는 금발을 보니 외국이라도 나온 것 같은 기분이었다.

정말 세계화가 되었나 보네? 무심코 돌아서는데 발밑에 뭔 가가 번득거렸다. 여학생의 학생증이었다. 집어 들고 돌아보니 외국인들은 시야에서 사라지고 없었다.

'교환학생인가 보네?'

학생증은 명문대 것이었다. 여학생은 금발의 미녀. 흡사 미 국 영화 속의 배우처럼 반짝이는 눈동자가 시선을 끌었다.

'내일 나 수사관에게 찾아주라고 해야겠군.'

승우는 학생증을 주머니에 찔렀다. 내일, 그 여학생이 먼저 자신을 찾아올 것을 알지 못한 채.

*   *   *

밤이 검은 보자기로 세상을 덮었다.

집으로 돌아온 승우는 민민이 잠든 사이에 감춰온 것을 슬쩍 꺼내놓았다. 커다란 포장이었다. 잘 준비를 마치니 댕 열두 시가 울었다.

열두 시!

아직도 승우는 기억하고 있었다. 그 열두 시의 공포. 머리가 깨질 듯한 불면증. 이제는 다 사라진 일이지만 그날을 생각하면 진저리가 났다.

샤워를 마친 승우는 캔맥주 하나를 들고 테이블에 앉았다. 그리고 잠든 민민을 깨웠다.

"우음!"

민민은 기지개를 켜며 날아올랐다.

"왜요?"

민민이 물었다.

"그냥……."

승우가 포장을 내밀었다.

"뭐예요?"

"민민 선물!"

"내 선물요?"

민민의 눈이 동그랗게 변했다.

선물!

뮤뮤가 있을 때는 선물을 받아봤겠지. 그러나 한국에 온 이후로는 처음일 것 같았다. 승우는 민민의 시선을 받으며 포장을 풀었다. 안에서 나온 건 커다란 로봇이었다.

인기 절정의 로봇!

성탄절만 되면 동이 나서 젊은 아빠들을 애태우는 그 로봇이었다. 접으면 여러 가지로 변신한다.

민민이 영령이 아니라면, 정말 좋아할 아이템이었다.

"와아!"

그래도 감탄사는 나왔다. 민민은 로봇 주변을 빙빙 돌았다.

"정말 나주려고 산 거예요?"

"마음에 들어?"

"네, 멋져요!"

"미얀마에도 이런 거 있니?"

"이런 건 없어요. 대신 조그만 거……."

민민이 손가락 마디를 짚었다.

"어디다 놓아줄까?"

"아저씨 마음대로요."

"그럼 여기 둔다."

승우는 소파 테이블 가운데에 로봇을 세웠다. 민민은 그 머리 위에 올라앉았다.

"고마워요."

"천만에. 직원들 챙겨주고, 유정하까지 챙겨줬는데 우리 민민 몫은 없더라고."

"그럼 규리는요?"

"……"

승우는 아차 싶어 대꾸하지 못했다.

"규리 괜찮겠죠?"

"그럴 거야."

승우가 손을 내밀자 민민이 그 위로 옮겨왔다.

"오늘은 늦었고 내가 내일 전화해 볼게."

"네……."

"선물도 내일 준비할게."

"정말요?"

민민은 제 일처럼 좋아했다. 승우는 민민을 데리고 침대에 몸을 날렸다.

퉁!

침대가 탄력으로 승우를 들어 올렸다가, 살포시 내려놓았다.

"히힛!"

민민이 웃었다.

"좋나?"

대답 대신 고개를 끄덕이는 승우.

"한 번 더?"

승우는 침대를 짚고 몸을 솟구쳤다.

퉁!

"히힛!"

승우는 아무것도 아닌 일에 좋아해 주는 민민이 고마웠다. 두어 번 더 장난을 친 다음에 팔목을 내주었다. 민민은 그 팔을 베고 누웠다. 민민이 잠들자 승우는 서재로 다가갔다.

―프랑켄슈타인.

―냉동인간.

―복제인간.

문득 그런 책들이 시선에 닿았다. 무생물에 생명을 부여한 프랑켄슈타인. 그는 죽은 사람의 뼈로 인형을 만들어 생명을 불어넣었다.

그라면 민민에게 생명을 줄 수 있을까? 규리가 천도에 실패한 이후, 승우는 종종 상상을 하기 시작했다.

천도가 불가능하다면 함께 살면 그만이었다.

기왕이면, 육체를 줄 수 있으면 더 좋았다.

그러자면 육체가 있어야 했다.

육체!

로봇을 바라보았다. 저 높이에 두 배를 더하면 어린이 체구가 된다. 그러나 장난감은 사람이 아니다. 저런 플라스틱에 민민의 혼을 넣어줄 바에는 그대로 두는 게 더 나을 것 같았다.

'복제인간…….'

그거라면 괜찮을 거 같았다. 민민만 한 어린이를 복제한다. 그 머리를 비워 민민을 빙의시킨다. 상상은 어둠을 따라 잘도 번져 나가고 있었다.

그만 자!

그만 자!

모닝콜을 들으며 잠을 깼다. 아침은 오늘도 거르지 않고 창가에 찾아들었다. 가볍게 식사를 때우고 출근길에 나섰다.

모닝커피는 석 반장이 해결해 주었다. 평소와 다르게 커피 캐리어를 들고 등장한 것이다.

"나도 영계 기분 좀 내봤습죠."

푸근한 얼굴로 내미는 커피를 승우가 받았다. 아직도 따끈한 커피였다.

"어이구, 이거 내가 내야 하는 건데……."

유 계장은 웃으며 커피를 받았다. 승진을 두고 하는 말이었다.

"어제 잘들 갔나요?"

의자를 당기며 승우가 물었다.

"저는 2차 갔습니다."

차도형이 혼자 자수를 했다.

"2차?"

"집에 갔더니 마누라가 쫙 빼입고 기다리지 않겠습니까? 청와대 다녀온 신랑한테 술 한잔 얻어먹어야 한다고."

"좀 털렸겠는데?"

유 계장이 끼어들었다.

"좀 그랬죠. 그래도 사람 보는 눈이 달라졌더라고요. 무지하게 싹싹해졌어요. 역시 청와대가 세긴 세요."

차도형의 넉살은 오늘 아침도 죽지 않았다.

"그런데 검사님!"

한바탕 여담이 오간 후에 나수미가 다가왔다.

"왜?"

"오전에 시간이 되시나 싶어서……."

"무슨 일인데?"

"Z대 말입니다. 거기 기숙사 건인데……."

"Z대? 그러고 보니 나도……."

승우가 품에서 학생증을 꺼내놓았다.

"어머!"

그걸 보고 소스라치는 나수미.

"왜 놀라?"

"그거 마리앙이죠?"

"마리앙?"

승우는 학생증 이름을 확인했다. 마리앙이 맞았다.

"아는 사람이야?"

"엊그제 저랑 상담하고 간 학생인데……."

"상담?"

"학생증 어디서 났어요?"

"어제 주웠지. 술 좀 깨려고 경복궁 한 바퀴 돌았는데 그 학생이 흘리고 갔어."

"어머어머!"

나수미는 믿기지 않는 듯 고개를 저었다.

"뭔데 그래?"

"이 학생은 Z대 교환학생인데, 최근 기숙사에 이상한 일이 있다고 연락이 와서 잠깐 만났거든요."

"이상한 일?"

"그게… 뉴스에는 안 나온 일인데 올해 그 기숙사에서 여학생이 셋이나 연속 자살을 했다네요."

'웅?'

"그게 공교롭게도 다 교환학생으로 온 프랑스 유학생들이라고……."

"프랑스?

"네."

"이유는?"

승우가 귀를 세웠다.

"없대요. 경찰에서도 그냥 향수병이나 적응이 힘들어 죽은 게 아닌가……."

"그런데 왜?"

"마리앙 말에 의하면 아무래도 귀신의 짓 같다는 거예요."

"그렇게 생각하는 이유는?"

"그게… 죽은 학생들이 전부 프랑스인인 데다 금발이라고……."

"금발?"

"그러니까 어떤 귀신이 금발의 프랑스인만 골라서 저주를 내리고 있다는 거예요. 자기 생각에는 이번이 자기 차례 같아서 검사님께 도움을 받고 싶다고……."

"단지 금발이라서?"

승우는 학생증을 바라보았다.

"프랑스 유학생 중에서 남은 금발은 자기밖에 없대요."

"좀 더 디테일하게 말해 봐!"

"처음에는 그냥 넘겼대요. 타국에 온 데다 한국어가 만만치 않기 때문에 힘들어 하는 학생들이 많다 보니 그럴 수도 있겠다 하고. 그런데 세 번째 자살자가 나오면서 확신을 갖게 되었

다고 해요. 그 학생은 자기랑 아주 친했는데 절대 자살할 성
격이 아니었다나요."

"그래?"

"게다가 그런 생각은 죽은 그 학생이 먼저 했다고……."

"금발만 골라서 내리는 저주다?"

"네, 그래서 뭐라더라… 유학생 중에 아는 구마사를 불러
구마의식까지 했다네요. 그런 사람이 왜 자살을 하겠냐며?"

"부검도 했나?"

"둘은 하고 하나는 부모의 반대로 하지 않고 인계했대요.
사인은 모두 후두 및 기관협착폐쇄, 즉 목매달아 죽은 것으
로……."

"자살 도구는?"

"우연의 일치인지 모르겠지만 셋 다 검은색 천을 사용했습
니다."

"셋 다?"

"네. 면티나 원피스……. 소재가 다르긴 하지만……."

"셋 다라?"

방 안의 것으로 도구를 만들었다. 그렇다면 즉흥적인 선택
일 수도 있었다. 그런데 왜 하필 검은색을 찢은 것일까? 하지
만 자살의 도구까지 일일이 마음 쓸 수는 없는 노릇이었다.

"그리고……."

나수미가 말을 흐리다가 뒷말을 이었다.

"셋 다 쓰던 향수를 뿌리고 그 병이 발밑에……."

"자살한 사체 말인가?"

"예."

"피살당한 흔적은 없고?"

"네."

"난해하군."

"……."

"나 수사관 생각은?"

"우연이 겹치다 보니 공통분모가 된 프랑스인 금발 여학생이 공포심을 갖는 것 같아 말씀드리지 않으려 했는데 이게 프랑스 문화원장님이 검사님을 추천한 거라고 하네요. 그거하고 향수가 마음에 걸려서 말이죠."

"……."

"제 선에서 끝낼까요?"

고민하는 나수미.

밀린 민원과 탄원 등이 산더미인 걸 아는 까닭이었다. 승우는 잠시 답을 미루고 학생증을 보았다.

금발에 큰 눈. 겁은 많게 생겼다. 한편으로는 허영심도 엿보였다. 사실은 그냥 내쳐야 하는 상황. 그런데 외국 학생이었다. 큰마음 먹고 자국 문화원장까지 동원했는데 매몰차게 거절한다? 한국에 대해 부정적인 이미지를 가질 우려가 있었다.

옷깃만 스쳐도 인연…….

승우는 그 속담을 곱씹었다. 하고 많은 날 어제, 이미 그녀와 옷깃이 스쳤다. 우연하게 학생증까지 손에 들어왔다.

거기에 향수병…….

프랑스는 향수의 나라라고 해도 될 정도로 명품 향수가 많은 나라. 그러니 죽으면서도 아끼던 향수를 뿌리고 싶은 걸까?

아니, 그럴 리는 없다.

자살하는 사람은 미련을 갖지 않는다. 만약, 미련이 있다면 그는 자살을 하지 않을 것이다.

결국 승우는 마리앙을 불러들이고 말았다.

마리앙!

그녀는 프랑스 문화원장과 동행했다. 나중에 안 일이지만 둘은 친척 사이라고 했다. 조카의 말을 듣고 염려가 되어 함께 와준 모양이었다.

두 사람의 몸매는 극한의 대조를 이루었다.

—마리앙은 조각품.

—원장은 푸짐한 드럼통.

정말이지 마리앙의 몸매는 예술이었다. 얼굴도 갸름했다.

흠이라면 얼굴 곳곳에 피어난 기미가 적이었다. 화장품 종기로 소문난 프랑스지만 그런 건 어쩔 수 없는 모양이었다.

"안녕하세요?"

나수미의 안내로 회의실에 들어선 마리앙. 약간의 억양을 제외하면 한국어는 손색이 없을 정도로 훌륭했다.

"그럼 말씀 나누세요."

나수미는 차를 세 잔 내려놓고 나갔다.

"드세요."

승우, 차를 권하며 습관적으로 영기를 탐색했다.

'없고……'

영기는 감지되지 않았다.

마리앙에게서도 원장에게서도.

"나 수사관에게 대략적인 이야기는 들었으니 천천히 설명해 보세요."

"시간 내주셔서 고맙습니다."

원장이 먼저 고마움을 표했다. 이어 마리앙이 의자에서 일어나 한 번 더 묵례를 해왔다. 그런 다음 두 손을 모아 허벅지에 올리고 이야기를 시작했다.

마리앙은 한류 마니아였다. 중고등학교부터 한류 음악에 반했다. 아이돌 가수는 줄줄이 꿸 정도였다. K—POP을 즐기면서 자연스럽게 한국어에 관심을 가졌고, 프랑스에 있는 한국

문화원을 다니며 한국어를 배웠다.

아버지 회사가 한국과 무역을 하는 것도 큰 도움이 되었다. 그렇게 한국을 오가다 결국 한국 유학을 결심하게 되었다.

그녀의 말에 의하면 한국 생활은 즐거웠다. 한국인 학생들 사이에서 인기도 괜찮았고 한국음식도 먹을 만했다. 그러다 세 달 전, 빠뜨리샤가 자살을 했다. 그녀와는 같은 프랑스인. 더러 같이 나다니기도 했지만 아주 친하지는 않았다. 그녀는 다소 내성적이었기에 한국생활 부적응으로 생각하고 말았다.

그리고 또 한 달 후에 카뜨린느가 죽었다. 그녀와는 제법 친한 사이였다. 카뜨린느는 심장이 썩 좋지 않았다. 자살한 날 도 병원에 다녀온 길이었다. 그녀가 죽은 목욕실에서도 자살 을 암시한 단서가 나왔다.

립스틱으로 거울에 쓴 한 줄의 글자였다. 때문에 그녀의 자 살 역시 지병에 대한 고민이 작용한 것으로 넘겨버렸다.

하지만 마리앙의 친구 에밀리는 달랐다. 민속학을 전공하 는 그녀는, 호기심이 많은 성격이었다.

"귀신의 짓이야!"

어느 날 그녀가 그렇게 말했다. 죽기 나흘 전이었다.

"잠깐만요."

이야기를 듣고 있던 승우가 개입을 했다.

"왜 귀신이라고 생각한 거죠?"

"에밀리 친구 중에 루마니아에서 온 유학생이 있어요. 이름은 라즈반이라고……. 어릴 때부터 구마를 배웠다고 하더라고요."

구마는 퇴마의 바른 말이다.

"그럼 그 라즈반이라는 친구가?"

"네. 귀신이 감지되었다고 구마 의식까지 해줬다고 했어요. 나보고도 방에다 하라고……."

"어떤 의식이죠?"

"방에다 뭘 한 것 같은데 자세히는 안 봤어요. 저는 그런 거 안 믿었거든요."

안 믿었다.

과거형이 나왔다. 그러니까, 지금은 믿고 있다는 의미였다.

"계속하세요."

"그랬는데… 그리고 나흘 후 금요일에 에밀리가 목을 매달았어요. 있을 수 없는 일이잖아요. 죽음을 두려워하던 친구가 갑자기 자살을 택한다는 게."

"뭐 다른 짐작 가는 일은 없나요? 그 며칠 사이에 급격한 일이 생겼다든지 남자친구랑 헤어졌다든지……."

"아뇨. 아무 일도요."

마리앙은 세차게 고개를 저었다.

"그러니까 마리앙 생각에는 자살이 아니다?"

"네!"

"그럼 타살이라는 얘기로군요?"

"네!"

다시 고개를 끄덕이는 마리앙.

"무서워요. 에밀리 말대로라면 이번에는 제 차례예요. 이번 주 금요일이 오면……."

마리앙의 얼굴에서 공포가 묻어났다.

"검사님, 철저한 수사를 부탁드립니다."

원장도 간곡히 거들었다.

'정확히 한 주에 한 명……'

불과 3주 사이에 일어난 세 건의 연쇄 자살. 셋 다 모두 프랑스인. 모두 금발, 모두 검은 줄로 목을 매고 향수를 뿌리고 그 병을 발밑에 두고 자살……

'개운치 않군.'

승우의 촉이 가지를 치기 시작했다.

8장

루마니아 구마사

"송 선배님!"

본관 복도를 걸을 때였다. 조기호가 복도 끝에서 손을 흔들었다. 복도 끝은 3차장의 방. 또 딸랑딸랑 아부 좀 작렬하고 나오는 모양이었다.

"왜?"

"아, 진짜…… . 시간 언제 내줄 겁니까?"

"그렇게 한가해?"

"왜 이러십니까? 일이야 아랫것들이 하는 거지."

아랫것들.

듣기 거북했다.

"그렇게 치면 우리도 다 누군가의 아랫것들이야."

말 속에 뼈를 박아 돌려주는 승우.

"그러니까 얼른 출세해야죠."

"내가 말하는 높은 양반들은 국민이고."

"……."

"용건이나 말해."

"자꾸 이러시면 저 빡돕니다."

"돌면?"

"요즘 별관 팀워크 최고라면서요? 못 먹을 떡에다 유탄 정
도는 날릴 수 있죠."

"우리 팀을 콩가루로 만들겠다?"

"지금 지검장님 뵈러 가는 거 아닙니까?"

"……?"

승우는 대답하지 못했다. 과연 승우 이후의 포스트 국종도
로 불릴 만했다. 승진의 속성을 꿰뚫어보고 있는 것이다.

조기호가 말하는 유탄.

승진 후의 인사이동이다. 이제 겨우 손발을 제대로 맞춘 별
관 수사팀. 거기서 유 계장과 차도형을 빼간다면 한동안 버벅
거릴 건 불을 보듯 뻔했다.

"이번에 성기웅 수사관도 승진을 했더군요. 그 친구 자칫하

면 선배님 별관으로 영전할 수도 있지요."

성기웅은 소문난 뺀질이 수사관. 이건 반 협박이나 다름없었다.

"죽을래?"

승우가 도끼눈을 치켜떴다.

"아, 그러니까 상부상조하자 이거죠. 우리가 이런 사이입니까?"

"한잔 꺾자?"

"그건 천천히 해도 되고… 일 좀 도와주십시오."

조기호가 바짝 다가왔다. 새로 맡은 사건에 애로가 작렬한 모양이었다.

"말해 봐."

조기호의 칼자루를 회수한 승우. 느긋하게 조여들었다.

"사실은……."

조기호가 속내를 털어놓았다. 짐작대로 새로 맡은 사건이 맞았다. 그도 검사다. 한때는 공부 돼지게 한 놈이다. 승진도 제대로 했다.

하지만!

그런다고 검사의 포스가 절로 형성되는 건 아니었다. 검사의 능력은 같이 있는 수사관들이 잘 안다. 이게 진짜 검사인지, 아니면 줄이나 서고 다니는 정치검사거나 뺀질이인지.

당연히, 조기호는 후자에 속했다.

"이 자식들이 지금 다 같이 짜고서 태업을 하고 있다니까요."

조기호가 씩씩거렸다. 이해가 갔다. 승우도 겪었던 일이었다.

수사관들은 검사의 지휘를 받는다. 하지만 대다수의 실무는 수사관들이 정리한다. 검사는 관리하고 결정하고, 지휘하며 방향을 알려주면 되는 일이다.

그런데 실무 능력이 없으니 그 네 가지를 할 수 없다. 지위로 누르는 것도 한계가 있다. 승우는 그때마다 약을 쳤다. 술을 사고, 선물을 주고, 상품권이나 여행권을 돌렸다. 그래도 술안주로 씹히는 내상 정도는 각오해야 하는데 조기호는 그게 싫은 것이다. 부부장으로 승진하고 보니 부장이 코앞이다. 마음이 거기 가 있기 때문이었다.

"무슨 사건인데?"

"시인 일가족 자살사건요."

시인 일가족?

"젊은 시인인데 아내와 아들을 데리고 차에서 연탄불을 피웠습니다. 시인은 죽고 아내와 다섯 살 난 아들은 의식불명, 잘하면 영구 식물인간 될 판이라네요."

"그래서?"

"문제는 와이프와 아들이 있던 뒷좌석 창이 조금 열렸다는 겁니다. 원래는 경제력이 무능한 시인이 가족 동반자살을 한 걸로 봤는데 수사관들이 보기엔 아내가 보험금을 노리고 시인을 죽였을 가능성이 있다는 겁니다."

"뒷좌석 창 때문에?"

"그렇죠. 자기는 살고 남편만 죽게 하려고……."

"보험금 수령자는?"

"법적 상속인이더군요. 하지만 보험사 인간들도 그냥 넘어가고 남편 보험금 주겠다는 건데……."

"여자가 내연관계라도 있어?"

"일단은 없는 걸로 나와 있습니다."

"그럼 누가 이의제기한 거야? 남편 쪽 인친척이야?"

"둘 다 고아 출신 부부라서 가족 같은 건 없습니다."

"보험은 누가 들었는데?"

"남편이 들었더군요. 두 달 전에……."

"수사관들은 무슨 근거로?"

"남편 몸에서 이상한 게 나왔거든요. 이건데……."

조기호가 핸드폰 화면을 열었다.

"……?"

승우의 미간이 일그러졌다. 부적이었다. 귀신불침부나 병인부, 행운부가 아니었다.

〈즉살부(卽殺符)〉

　남자가 지닌 부적은 죽음을 부르는 부적이었다. 구두 안창 밑이었다. 즉살, 저승사자를 부르는 기원이 아닌가?

　"이게 다 선배님 때문입니다. 우리 수사관 중에 미신에 심취한 인간이 있는데 그것 때문에 타살이라고 수사관들을 선동하고 있거든요. 아니, 그게 말이 됩니까?"

　거기서 목청을 높이는 조기호. 승우가 묵묵히 바라보자 얌전히 시선을 떨구었다.

　"뭐, 미신이 무조건 나쁘다는 건 아니고요."

　"그거 출처는?"

　"모르죠. 남자는 죽고 여자는 의식불명이에요. 부적 쓰고 신용카드로 계산 긁은 것도 아니고……."

　"현장 보존되어 있지?"

　"나가주실 겁니까?"

　"그러지."

　"으아, 보시고 한마디만 해주면 됩니다. 그냥 자살이라고 말입니다."

　조기호가 반색을 했다.

　"가봐."

　승우는 조기호의 등을 밀었다. 그런 다음 지검장실 문을 열었다.

"어허, 그럼 나 돌 맞을지도 모르는데?"

지검장이 엄살을 떨었다. 반농담이지만 별관으로의 발령을 기대하는 사람들이 많다고 했다. 그러니 차도형과 유 계장이 움직이지 않으면 그림의 떡이 될 판이었다.

지검장은 별관의 팀워크를 보장해 주었다. 차도형과 유 계장, 이번 이동에서는 제자리 발령을 내기로 한 것이다. 총장이 직접 관심을 갖는 별관이기에 가능한 일이었다.

*   *   *

"검사님!"

별관으로 돌아온 승우는 테이블에 앉아 차도형과 나수미를 호출했다.

"앉아!"

"지검장님 방에 다녀오셨죠?"

차도형이 조심스레 물었다. 승우는 그 속내를 알고 있었다.

차도형, 전에는 어떻게 하면 다음 인사 때 다른 검사실로 튈까 궁리했지만 지금은 다르기 때문이었다.

"일은 안 하고 꽃보직으로 옮겨갈 생각만 하나?"

넌지시 염장을 질러보는 승우.

"꽃보직이라뇨? 여기서 진행하던 일이 많으니까 그렇죠."

"뭐 원하는 곳이 있으면 내가 찔러 넣어주고."

"아, 진짜……."

"왜? 차 수사관 와이프도 나 싫어할 텐데……."

"누가 그럽니까? 우리 와이프 완전 검사님 팬입니다. 덕분에 청와대도 다녀오고 승진도 한 판에……. 검사님 바가지 긁으면 와이프는 사람도 아니죠."

"맨날 늦게 보내고 출장도 밥 먹듯이 부려먹었잖아?"

"아니, 어떤 부서는 놀고먹습니까? 검사님 방은 일 빡세게 해도 보람이 있잖습니까?"

"그만해. 여기 묶어달라고 부탁하고 왔으니까."

"정말이죠?"

감격한 차도형의 목소리가 훌쩍 높아졌다.

"왜? 각서 써서 공증이라도?"

"계장님, 우리 제자리 발령이랍니다!"

흥분한 차도형이 유 계장을 바라보며 소리쳤다.

"허헛, 이거 우리 자리 노리던 인간들 김빠지겠네."

유 계장도 흐뭇한 표정을 지었다.

"으아, 저는 와이프한테 문자 좀 보내겠습니다."

차도형의 손이 핸드폰 위를 날아다녔다. 그걸 바라보는 승우도 그리 싫지 않았다.

"차 수사관!"

차도형이 전송을 누르기 무섭게 승우의 지시가 떨어졌다.

"아까 왔던 마리앙 말이야. 수사 착수해. 나 수사관과 함께."

"공식적으로 말입니까?"

"얘기 들으니 좀 찜찜한 구석이 있어. 차 수사관은 과학수사 쪽으로 접근해 봐. 나는 초자연적인 측면을 살펴볼 테니."

"으아, 검사님과 한 판 대결이군요?"

"마리앙 말이 이번 주 금요일을 걱정하던데 서둘러 줘."

"알겠습니다. 나 수사관, 담당경찰서 자료 받아서 나가자고."

인사발령이 해결된 차도형. 의욕이 활화산처럼 활활 타올랐다.

세 여자!

금발의 사망자들 사진이 승우 앞에 놓였다. 머리는 금발이지만 눈은 셋 다 달랐다. 출신 지방도 출신 고교도 마찬가지. 셋 다 미녀려니 했는데 그 상상은 보기 좋게 빗나갔다. 셋 중 둘은 살짝 비만에 속했다.

승우는 자료를 넘겼다. 죽은 세 금발에 대한 검안이나 부검

결과는 모두 유사했다. 목을 맨 사람의 전형적 특징이 남은 것이다. 다만, 신기하게도 줄을 묶은 방법이 같았다.

'셋이 똑같은 방법으로 줄을 맸다?'

프랑스인들은 줄 매는 방법이 같을까?

고개를 갸웃거리며 다음 장을 넘겼다. 그러자 앞서 죽은 두 금발의 목욕탕 립스틱 '유서'가 보였다.

(나는 죽어도 마땅한 인간.)

처음으로 죽은 빠뜨리샤의 붉은 립스틱 메모.

(죽어도 마땅해.)

두 번째로 목숨을 마감한 카뜨린느의 핑크 립스틱 메모.

경찰은 이걸 자살의 암시로 판단했다. 이 둘이 목을 매달 때, 비록 잠들었긴 하지만 방 안에 룸메이트가 있었던 데다 외부 침입의 흔적이 일체 없었기 때문이었다.

'피곤해서 자고 일어나 보니······.'

두 룸메이트의 증언도 유사했다. 자살자들이 택한 시간은 새벽 1~2시경. 누군가 잠에 빠져도 문제가 없는 시간이었다.

"민민은 어때?"

회의실에 혼자 앉은 승우가 입을 열었다. 민민이 손목에서 사뿐 날아올랐다.

"가봐야 알 거 같은 데요?"

"그렇지?"

현장은 진실을 알고 있다. 그건 명백한 진리.

승우는 자리를 털고 일어섰다.

"안녕하세요?"

Z대 기숙사관 앞에서 마리앙을 만났다. 그녀는 가슴골이 훤히 보이는 셔츠에 청바지를 입고 젊음의 관능을 발산하고 있었다.

"조금 전에 수사관들이 다녀갔어요."

그녀가 시계를 보았다. 차도형과 나수미가 왔었던 모양이었다.

"얼마나 됐죠?"

"한 시간쯤요."

'부지런하네?'

승우는 내심 흐뭇한 마음이 들었다.

"친구들이 사고 난 방을 좀 안내받을 수 있을까요?"

"그러세요. 제가 미리 그 방 친구들에게 허락을 얻었거든요. 키도 제가 가지고 있고요."

마리앙의 긴 손가락에서 열쇠가 반짝거렸다.

띠링!

열쇠가 꽂히고, 보조키 번호까지 일치하자 문이 열렸다.

여자 기숙사.

그것도 외국인 여자들…….

뭔가 다르지 않을까 싶었는데, 다르긴 했다.

'향수……'

향수 냄새가 진했다. 책상을 보니 향수 병이 몇 개 보였다.
그 나머지는 그리 특별하지 않았다. 외국인이라고 해도 학생
신분인지라 소지품들이 단출했던 것이다.

다만, 벽에 붙인 화보나 풍경은 좀 달랐다. 음악가와 프랑스
의 시원한 전원 사진 등이 벽을 가득 메우고 있었다.

"여기가 목욕실이에요."

마리앙이 구석의 문을 열었다. 문 안으로 승우의 신력이 뿜
어졌다.

순간!

'읏!'

승우가 고개를 갸웃거렸다.

"영기가 없어요!"

어깨 가까운 곳에서 팔랑거리던 민민이 소곤거렸다.

영기.

빠뜨리샤가 죽은 곳이다. 당연히 흔적이 있어야 했다. 그런
데 깨끗했다. 정말이지 깨끗, 깔끔, 말쑥!

영기도 청소가 가능할까?

대답은 '그렇다'다. 무속으로 예를 들면 주당물림이 있지 않

은가? 그 유사한 방법을 쓰면 잡령들을 청소하는 건 문제가 될 게 없었다.

'이상하군.'

목욕실 안은 단출했다. 말이 목욕실이지 달린 건 샤워기뿐. 두 번째는 카뜨린느였다.

그 방은 빠뜨리샤의 방과 반대 구조였다. 그것만 빼면 내부는 비슷했다. 다만 벽만은 빠뜨리샤가 있던 방과 달리 텅 비어 있었다.

흐음······.

긴장의 날을 세우고 목욕실을 열었다.

이번에도 같았다. 누군가 목욕탕을 청소하고 간 듯이, 영기를 쓸어내고 간 듯이 말끔했다. 너무 말끔해서 고개를 저었다.

마지막으로 세 번째 희생자 에밀리의 방······.

"······?"

그 방의 분위기는 미묘했다.

뭐랄까, 흰색과 검은색이 뒤섞여 방치된 느낌? 혹은 빛과 어둠이 격렬한 전투를 치르고 난 현장의 고요를 보는 기분이었다.

승우는 한층 집중했다. 감은 엉뚱한 곳에서 왔다. 매트리스 구석이었다.

원······.

방문과 창문, 그리고 침대 매트리스, 나아가 책상의 귀퉁
이······. 곳곳의 귀퉁이에 작은 표식이 보였다. 검붉은 표식.
피는 아니었다. 펜으로 그려진 원. 그 안에 자리 잡은 오각형
의 별······. 다섯 개의 꼭지마다 제법 신력(神力)이 배어나왔다.
바로 구마의 주문이었다.

'결계의 지향······.'

승우는 구마가 남긴 흔적을 추적했다. 방 안 세 곳에 진의
흔적이 보였다. 방문과 창문, 그리고 목욕실 문. 통로를 통해
들어오는 악령을 막을 생각이었던 모양이다.

결론은?

실패!

뭔가가 구마의 진을 깨고 들어왔다. 안으로 들어와 구마의
결계와 한바탕 충돌했다. 그리고 무너뜨렸다.

"우와, 금세 찾았네요? 이거 에밀리가 한 거예요."

승우가 표식에 집중하는 사이, 마리앙이 감탄을 쏟아냈
다.

"우리 수사관들도 봤나요?"

"보지는 못했고, 제가 말해주긴 했어요. 큰 관심은 없는 눈
치던데요?"

"경찰들은요?"

"그분들은 아예……."

어깨를 으쓱하는 마리앙.

개무시!

어쩌면 당연한 일이었다.

'오각형의 별이면…….'

승우는 퇴마나 구마에 대한 자료를 상기했다. 간간히 보아 둔 게 떠오른 것이다.

"혹시 돋보기 있나요?"

"잠깐 기다리세요."

승우의 요청을 받은 마리앙은 돋보기를 가지고 돌아왔다. 그걸 원에 올려놓았다. 그러자 그 안에 새겨진 글자가 정체를 드러냈다.

Hoc fugere!

그 뜻은…….

〈이곳을 떠나라!〉

악령을 쫓는 권능의 경고였다.

승우는 목욕실로 다가갔다.

끼이!

작은 신음을 내며 문이 열렸다.

"……!"

"영기가 있어요."

승우가 고개를 드는 것과 거의 동시에 민민이 외쳤다.

영기는 아주 흐렸다. 그래도 기대 밖으로 두 개나 남았다.
하나는 에밀리의 것, 또 하나는 아주 낯선 것. 낯선 영기는
창문틀에서 흔적이 흐려졌다. 그곳으로 나갔다는 뜻이었다.

"혹시 이 방에서 사람이 죽은 적 있다는 소리 들었나요? 에
밀리 말고……."

"못 들었어요."

마리앙이 고개를 저었다.

"에밀리의 친구라는 그 남자 좀 만나볼 수 있나요?"

승우가 마리앙을 돌아보았다.

"그건 문제가 없는데……."

마리앙의 표정이 어두워졌다.

"다른 문제가 있군요?"

"그렇잖아도 제가 좀 자세히 물어보려고 전화를 했는데 받
지를 않아요."

"……?"

"그래서 아는 사람 통해 사는 곳을 찾아갔었거든요."

"……."

"그런데……."

마리앙은 무거운 목소리로 뒷말을 이었다.

"글쎄, 에밀리한테 이걸 해주고 돌아간 날 병원에 입원을 했

286 빠라끌리또

대요. 그리고 움직이지도 말을 하지도 못한대요."

　—전격 입원.

　—전신마비에 언어상실.

　—특별한 사고나 외상은 없었음.

　병원 의사와 통화를 한 승우는 온몸의 촉수가 우수수 일어
서는 걸 느꼈다.

　뭔지 모르지만 만만치 않은 것.

　그것의 존재가 감지되었다.

＊　　　＊　　　＊

　마리앙의 말은 사실이었다.

　"이 기숙사 생긴 이래 사람이 죽은 건 올해가 처음이에
요."

　40대의 여자 사감이 잘라 말했다.

　승우는 고개를 들어 기숙사를 바라보았다.

　기숙사 건물은 8층. 세 금발이 죽은 방은 4층에 자리 잡고
있었다. 원래 이 기숙사는 한국 학생과 2인 1조로 방을 배정
했다고 한다.

　그러다 올해부터 방법을 바꾸었다. 작년에 일어난 문제가
계기가 되었다.

"유학생들 마인드가 개방적이다 보니 자잘한 문제가 많았어
요. 특히 외국인 남학생들이 찾아오는 문제요."

"남학생이요?"

승우가 물었다.

"우리나라와 달리 기숙사 규칙만으로 막기는 궁색했어요.
그래서 매주 금요일에 사전 허가제에 시간 제한부로 방문을
허락했는데 잘 지켜지지 않았고요."

"……"

"특히 러시아 여학생들과 프랑스 여학생들이 종종 문제가
되었어요. 그래서 올해부터는 아예 외국 유학생끼리 한 방을
주고 있어요. 본인들이 원치 않는 경우는 제외하고요."

"남녀문제 외에는요?"

"소소하게 말하면 인종차별적인 것도 있고, 문화적 차이로
인한 대립도 많아요. 그래서 문화권을 나누어 배정하기도 하
는데 모두의 니즈를 만족시키기는 무리랍니다."

"그렇겠군요."

다양한 인종이 모이는 교환학생 제도. 더구나 유럽인이라면
동양문화가 낯설 일. 이래저래 기숙사 관리자의 애로도 이해
가 되었다.

"그 외에 특별한 건 없다는 말이군요."

"네, 아까 다녀간 수사관들에게 말하기도 했고……."

"혹시 말입니다. 특별히 금발을 미워하는 학생은 없었나
요?"

"그것도 수사관들에게 말했어요."

"한 번 더 부탁드립니다."

"어우, 나도 바쁜데······."

"사감 선생님!"

"금발 학생을 싫어하는 학생이 한 명 있긴 해요. 미국에서
온 크리스틴인데 머리가 레드 칼라거든요. 레즈비언을 싫어하
는 눈치던데 금발들이 몰려다니는 걸 비꼬다가 금발들과 다
툰 적이 있어요."

"그 학생은 몇 호실에 있죠?"

"마침 저기 오네요."

사감이 고개를 돌렸다. 적발의 크리스틴은 친구와 함께 걷
고 있었다. 백인이다. 걸음걸이도 시원시원했다. 그녀는 친구
와 수다를 떨며 승우 옆을 지나갔다.

"불러드려요?"

"아뇨. 됐습니다."

따로 만날 필요는 없었다. 영기가 전혀 감지되지 않은 것이
다. 더구나 학교 측이 달가워하지 않는 수사. 필요 이상의 조
사로 불안을 조성할 생각도 없었다.

"그러니까 신학기부터 지금까지 쭉 아무런 이상도 없었다?"

"아, 그러고 보니 학기 시작하고 오래지 않아 그만둔 학생이 한 명 있어요. 마싸라고……."

"그만 두었다고요?"

"세네갈……. 아니, 어쨌든 국적은 프랑스니까 프랑스라고 치고. 그 흑인 여학생은 유학 온 지 두 달 만에 도망쳐 버렸어요."

"왜죠?"

"주변 학생들 이야기를 들으니 그 학생은 불법 취업을 위해 의도적으로 온 학생이라고 하더군요. 이태원에서 아는 친구를 만났다던데 그 뒤로 행방을 감춰 버렸어요."

"사고 같은 건 아니고요?"

"아니에요. 가방을 들고 나가는 걸 본 학생이 여럿이라……."

ㅡ세네갈 부모를 둔 프랑스 국적의 마싸.

ㅡ불법 취업을 위해 들어온 교환학생.

딱히 개운한 건 아니지만 있을 수는 있는 일이었다. 한국 유학생 중에도 유학을 빙자해 외국의 학교에 입학한 후에 그만두는 사람도 많았다.

"검사님!"

사감을 보내고 돌아설 때였다. 저만치서 차도형이 손을 흔들었다. 옆에는 나수미도 보였다. 셋은 기숙사 건물 옆에 놓인 테이블에 자리를 잡았다.

"조사 끝났어?"

승우가 물었다.

"예……."

대답은 차도형이 했다.

"그럼 분석 좀 들어볼까?"

승우는 편하게 다리를 꼬았다. 이어 자기 생각과 맞춰볼 요
량으로 귀를 쫑긋 세웠다.

"이거 타살 같습니다!"

차도형이 한마디로 상황을 정리했다.

"나 수사관은?"

승우의 시선이 나수미에게 향했다.

"둘이 상의해서 내린 결론입니다."

나수미는 주저 없이 대답했다. 두 사람은 경찰조서와 함께
기숙사를 세밀하게 점검했다. 사감을 비롯한 주변 인물들도
만났다. 그런 다음에 내린 결론은 살인 의심.

"근거는?"

승우는 다리를 고쳐 앉았다.

"죽은 학생들은 특별한 자살 동기가 없습니다. 프랑스 유학
생들 통해서 본국의 사망자 가족들과 통화했는데 그들도 자
살을 이해할 수 없다고 하더군요."

"그럼 립스틱 메모는?"

"그거야 누구나 할 수 있는 말 아닙니까? 우리도 조금만 힘들면 죽고 싶다고 하고요."

"프랑스 문화권에서도 그래?"

"메모는 한글이었습니다. 누군가 한국 친구들이 한 말을 그냥 연습 삼아 적었을 가능성도 있지요."

"더 없어?"

"최근 한 달 이내의 행적을 확인해 봤는데 다음 달 연합동아리 행사에도 참석 예약, 프랑스 문화원 행사 도우미도 예약……. 에밀리 같은 경우는 지지난 주에 프랑스 엄마에게 보낸 편지에서 이번 학기는 전체 장학금을 먹겠다고 다짐도 했더군요."

"좋아. 그럼 타살로 보는 단서는?"

"룸메이트들입니다."

여기서부터는 나수미가 발언을 이었다.

"룸메이트?"

"사망자들의 공통점은 금발에, 목을 맨 것에, 더불어 자정이후의 시간에 죽었다는 거죠. 에밀리를 제외하고는 술도 마셨고요."

"……"

"그런데 세 방의 룸메이트들은 입이라도 맞춘 듯 한결같이 먼저 잠에 빠졌다고 합니다. 나아가 룸메이트가 목을 매달아 죽는 데도 몰랐다고 하고요."

"연결고리라도 있나?"

"셋 다 갑자기 몸이 축 늘어졌다길래 마약조사 의뢰했습니다."

마약!

그러고 보니 마약이 빠졌다. 세 금발의 조서에도 마약 조사에 관한 언급은 없었다.

"마약에 취해 범행을 했다?"

"이쪽 친구들 중에 마약하는 친구들이 꽤 되잖습니까? 그중 한 친구는 제 풀에 자백을 했습니다."

"자백?"

"범행 자백은 아니고요, 이따금 이태원에서 마약을 했다고 하더군요."

"마약이라……."

승우는 고개를 끄덕여 공감을 표시해 주었다. 영기라는 단서를 잡을 수 없다고 치면, 여기까지 파고든 것만 해도 대단한 성과일 수 있었다.

"그리고 방금 들어간 빨간 머리 아가씨요, 사망한 금발들과 다툰 적이 있다니 비밀리에 사생활을 캐볼 생각입니다. 원래 엉뚱한 데서 단서가 나오기도 하는 법이니까요."

"좋지."

"검사님 생각은요?"

설명을 마친 나수미가 승우를 바라보았다.

"나도 이하동문. 하지만 마약은 미처 생각하지 못했어."

승우는 간과한 사실을 인정했다.

"그럼 본격 수사 착수하겠습니다."

차도형이 몸을 세우며 말했다.

"아, 혹시 이건 알아냈나? 사망자들이 왜 한결같이 검은색 줄을 사용했는지 말이야. 프랑스 국기는 레드, 블루, 화이트잖아? 사망자들이 검은색 선호?"

"그건 아니었어요. 동아리 가입하면 쓴 원서가 있던데 검은 색을 적은 사람은 없더군요."

"셋 다?"

"네."

"그럼 향수는?"

"그건 이런 거 아닐까요? 여자들은 목욕할 때 마지막 헹굼 물에 향수를 떨궈서 헹구는 사람이 있거든요."

다시 나수미가 나섰다.

"목을 맬 때도?"

"……"

승우의 송곳 질문에 나수미는 더 설명하지 못했다.

"향수가 직접 사인은 아니니 큰 문제는 아니라고 봅니다. 향수병에서 침입자의 지문이 나온 것도 아니고요."

이번에는 차도형이다.

"알았어. 가서 착수해."

"검사님은 안 들어가시고요?"

"과학수사는 두 사람이 하니까 나는 그 반대편이나 살펴보려고."

"초자연 현상 쪽으로 말입니까?"

"응!"

"좋지요. 그럼 혹시 저희가 놓치더라도 검사님이 걸러줄 테니……."

"대신 말이야……."

승우는 차도형의 귀에 대고 특명 하나를 던져 주었다. 고개를 끄덕인 차도형이 나수미를 데리고 멀어졌다.

한 번 더 걸러주는 거름망.

그 말은 승우 마음에도 쏙 들었다. 틈 없이 조여대는 차도형과 나수미를 보니 마음이 든든했다. 서로 지향이 다른 두 개의 그물망이라면 확률도 그만큼 높아지는 것이다.

그사이에 어둠이 내렸다. 밤은 소리도 없다. 지구를 덮을 정도로 큰 그림자를 끌고 오면서도 말이다.

밤은 검다. 검은색이다.

세 금발은 검은색 줄로 목을 맸다. 매듭 방식도 같았다. 동시에 아이러니하게도 향수병을 바닥에 놓았다. 어쩌면 떨군 건지도 몰랐다. 프랑스 여자들은 향수로 공포를 잊기도 하는 걸까? 마리앙의 말에 의하면 그런 정도는 아니라고 했다.

생각할수록 골치가 아파졌다.

승우는 다시 한국식으로 돌아왔다. 과학수사는 차도형에게 맡겼으니 온전히 무속식으로 방향을 틀었다.

검은색.

그건 죽음의 상징이다.

본격 가정이 출발되었다.

어떤 악령이 그들에게 죽음을 내렸다.

향수는 일단 제외해 두었다.

둘을 죽이고 그 흔적을 완전하게 씻어냈다.

하지만 세 번째는 그러지 못했다. 에밀리의 친구라는 구마사 때문이었다. 그가 펼친 구마의 주술 때문이었다. 그러나 그 승리자도 결국 모종의 악령이었다. 다만, 부작용은 있을 것 같았다. 구마의 주술 덕분에 희생이 따랐을 수 있었다.

만약!

그렇지 않다면 그 모종의 악령은 에밀리 목욕실의 흔적도 깨끗이 지웠을 일이었다.

'구마사가 있는 병원으로 가봐야겠군.'

병원을 네비게이션에 찍을 때 전화가 울렸다. 조기호였다.

―썬배님, 어디 계십니까?

"왜?"

―아, 정말… 저랑 약속한 거 잊었습니까?

조기호가 채근을 했다. 아마 승우를 기다리고 있는 모양이
었다.

―이러시면 저 억하심정 생깁니다.

"알았어. 지금 가자고."

대충 달래고 전화를 끊었다. 시인 일가 사망 장소는 야산
기슭이었다. 승우가 가려는 병원도 그 방향이라 내친 김에 들
리기로 했다.

"여깁니다!"

작은 산기슭에 서자 먼저 도착한 조기호가 손을 흔들었다.
부지런을 떤 걸 보니 똥줄이 타긴 타는 모양이었다.

"앞장 서."

승우도 차에서 내렸다. 조기호는 랜턴을 꺼내 들었다. 10여
분을 걷자 모 대학의 산림실습장에 닿았다. 그 옆으로 터진
공터가 현장이었다.

"현장입니다."

얼마나 걸었다고 조기호는 땀범벅이었다. 거기서 승우는 숲에 아른거리는 어린 여자 잡령을 보았다. 여덟 살쯤 되었을까? 잡령은 오래된 포대기에 아이를 업고 있었다. 동생인지 자식인지 분간은 가지 않았다.

"가서 물 한 병 사와라."

"예?"

"생수!"

"썬배님."

"싫으냐?"

"알겠습니다."

조기호는 오만 인상을 찡그리며 주택가로 내려갔다. 승우는 주변을 돌아보았다. 산림실습장 쪽으로 툭 터진 공간이 보였다. 산밑이라 그럴까? 여기저기서 희미한 잡령의 움직임이 보였다.

'시인 가장…….'

연탄불을 피운 자리에 그의 영기가 있었다. 하지만 흔적뿐이다. 가난한 시인, 다행히 혼은 하늘로 간 모양이었다. 물론 승우에게는 불행이다. 그의 영령이 있다면 사건 파악에는 쉬울 일이었다.

"……?"

돌아보니 어린 잡령도 사라지고 없었다.

"민민, 수고 좀 해줄래?"

승우가 나란히 파닥이는 민민에게 말했다.

"문제없어요."

민민은 바로 작은 숲으로 들어갔다.

"아저씨!"

외침은 이내 들려왔다. 승우는 숲 너머 바위에 닿았다. 어린 잡령은 고목 앞에 있었다. 아이를 꼭 껴안고 몸을 사린 채. 승우는 민민에게 찡긋 신호를 주었다. 승우보다 민민이 나서는 게 좋을 것 같았다.

"얘!"

민민이 하늘거리며 말을 붙였다.

[······.]

잡령이 아이를 숨겼다.

"동생이야?"

[······.]

잡령은 민민보다 승우를 보고 있었다. 승우는 몸에서 튕겨 나오는 신력을 낮췄다. 그게 잡령에게 위협이 되는 모양이었다.

"동생 이름 뭐야?"

[순길이!]

잡령의 입이 처음으로 열렸다.

"너 해치려고 온 거 아니야."

[······.]

"얼마 전에 저 앞에 세워둔 차에서 사람이 죽었어."

[······.]

"봤니?"

잡령은 고개를 끄덕거리며 아기를 쓰다듬었다. 그러고 보니 아이 머리에 피가 배어 있었다.

"아저씨, 아기가 다친 거 같아요."

민민이 돌아보았다. 승우도 고개를 뺐다. 피가 나는 건 맞는 거 같았다. 그러나 아기도 이미 오래전에 죽은 몸. 아마 머리를 다쳐 죽은 모양이었다.

"아기 좀 줘보렴. 피 안 나게 해줄게."

승우는 잡령 앞에서 무릎을 접었다.

"이 아저씨 좋은 사람이야."

민민이 지원사격을 날린다. 민민와 승우를 곁눈질로 살펴본 잡령이 아기를 내밀었다. 승우는 잠시 신력을 올려 아기의 피를 멎게 하고 손수건으로 말쑥하게 닦아주었다.

[연탄불 피웠어.]

잡령의 입이 열렸다.

"좀 더 말해줄래?"

[엄마가 온 줄 알았어.]

소녀의 잡령⋯⋯. 엄마를 기다리고 있는 모양이었다. 잡령들 중에는 이런 것들이 많았다.

—애인을 기다리다 죽은 혼령.

—아내나 남편을 기다리다 죽은 혼령.

—그리고 이렇게 부모를 기다리다 죽은 혼령.

그 한이 깊어 하늘도 가지 못하고 떠도는 잡령이 되었다. 그리고 잡령으로서의 윤회가 끝날 때까지 기다리는 것이다. 오직⋯⋯.

"자세히 좀 부탁해."

민민이 부드럽게 재촉했다. 그러고 보니 민민, 반 수사관이 다 되어 있었다.

[아빠가 아이에게 맛난 빵을 주었어.]

잡령이 천천히 이야기를 이어갔다.

[아이가 잠이 들자 연탄불을 피웠어. 연탄불⋯ 예전에 내가 꺼트려서 엄마에게 혼났는데⋯⋯. 그 아저씨가 다시 피워주었어. 그리고 죽었어.]

"⋯⋯."

침묵하던 승우는 민민을 보고 흠칫 놀랐다. 어느새 옆으로 와서 승우와 똑같은 자세로 잡령을 보고 있었던 것이다.

[슬펐어. 연탄가스를 맡으면 죽거든. 내 동생도 그래서 죽었어. 너무 놀라 들고 흔들다 떨어뜨렸어. 엄마는 오지 않

았어. 엄마를 찾으러 나가다 폭탄 소리를 들었어. 펑, 그 소리와 함께 떠올랐지. 내 동생도 같이 떠올랐어. 머리가 터졌어. 겨우 붙잡아 포대기를 맸는데 엄마는 아직도 오지 않아.]

잡령, 예상대로 오래도 된 영기였다.

[차 안의 아이가 죽을까봐 창을 두드렸어. 아이는 깨지 않았어. 하는 수 없이 엄마 쪽을 두드렸어. 하지만 알지? 사람들은 내 말을 듣지 못해. 아무것도 못해.]

잡령의 눈에서 눈물이 흘러내렸다. 승우가 가만히 손수건을 건네주었다. 잡령은 손수건을 받아 들었다.

[고마워요. 난 손수건이 없어요.]

눈물을 닦아낸 잡령이 인사를 해왔다.

"괜찮아. 손수건은 원래 남의 눈물을 닦아주라고 있는 거니까."

오래전에 엄마에게 들은 얘기를 승우는, 이렇게 써먹었다.

[아이도 엄마도 움직이지 않을 때, 아이 아빠의 손이 움직였어요. 차에서 뭔가를 만지니까 창문이 움직였어요. 아빠 쪽 창문은 조금 내려와 있던 게 올라가고 뒤쪽 창문은 반대로 조금 내려오고… 그게 다예요.]

젠장!

멍청한 놈.

하마터면 욕이 나올 뻔했다. 아내와 아이를 살리고 혼자 죽은 길을 택한 결과였다. 무능력한 시인 가장. 정서는 재벌이지만 주머니는 거지. 그가 택한 건 고작 제 보험금을 남겨주려는 것.

그 용기로 살지.

그랬으면 단란한 행복 하나가 무기력하게 찢어지지는 않았을걸.

"선배님, 어디 계세요?"

뒤쪽에서 조기호의 외침이 들려왔다.

"고마워."

승우는 잡령에게 인사를 하고 돌아섰다.

"자살 맞아."

생수를 받아든 승우가 잘라 말했다.

"그, 그렇죠?"

"자동차 전문가들에 물어봐. 아니면 국과수에 분석 요청하던지. 맨 마지막에 창이 작동했어. 뒤창은 열리고 앞창은 닫기고."

"예? 그걸 어떻게?"

"그냥 예감이야. 여기 공기가 속삭여 주는……."

"선배님."

"그래도 몰라? 무능력한 가장이 가족 데리고 죽으려다 변심

해서 자기만 죽은 길을 택한 거라고. 사건 당시 이 근처에 인적이나 수상한 차량 안 나왔지?"

"그럼 즉살 맞으라는 부적은?"

"시인이 사고 나길 바란 거지. 그러면 아내와 아이에게 보험금이라도 타게 할까 하고. 그래도 사고가 안 나니까 자살을 결행한 거고."

"하지만 우리 수사관은… 그렇다면 지갑에 넣지 왜 구두 속에 박았냐고……."

"가난한 시인과 사는 여자는 어떤 여자일 거 같냐?"

"그야 천사표……."

"답 나왔네. 그러니 여자 마음 아프게 할까 봐 깊고 깊은 곳에 숨긴 거지. 자기가 죽어도 모르게 말이야."

"아!"

"바빠서 먼저 간다."

승우가 돌아섰다.

"으아, 같이 갑시다. 여기 뭐 나올 거 같다고요."

조기호는 몸서리를 치며 승우를 따라붙었다.

부릉!

시동을 걸며 승우는 어둠이 삼킨 숲을 돌아보았다.

가난한 시인이 목숨을 마감한 자리. 목숨의 끝까지 조수석에 놓아두었던 그의 최초이자 최후의 시집.

영혼을 노래한 시는 왜 밥이 될 수 없었을까? 마음이 아렸다. 이 세상, 왜 착한 사람들이 먼저 죽는 걸까?

왜?

*　　　　*　　　　*

늦었다.

조기호 쪽에서 시간을 허비한 탓이었다. 하지만 '허비'라고는 생각하지 않았다. 누군가의 죽음의 진실을 밝혀주는 것. 그 또한 검사의 몫이기도 했다.

라즈반은 병실에 없었다. 간호사에 의하면 그의 몸이 발작을 했다고 했다. 의식도 없는 몸에서 일어난 격렬한 경련. 그래서 정밀 검사를 하고 있다고 했다.

신분을 밝히고 라즈반의 병실에 남았다.

"⋯⋯?"

살짝 열린 서랍함을 열자 라즈반의 소지품들이 눈에 들어왔다. 기괴한 문양의 손잡이가 달린 청동거울이었다. 하지만 승우의 얼굴은 보이지 않았다. 그것 외에도 이것저것 희한한 것들이 보였다. 라즈반의 주머니에 든 걸 꺼내둔 모양이었다.

그중에서 끝이 뾰족한 구마 도구가 시선을 끌었다. 손때가

자글자글 묻은 도구는 수백 년은 묵은 것 같았다.

'이걸로 구마의 서클을 새긴 걸까?'

도구에는 신성한 느낌이 아른거렸다. 숭고했다.

그때 병실 문이 열리며 침대가 들어왔다. 라즈반의 검사가
끝난 모양이었다.

"아직 계셨어요?"

간호사가 물었다.

"예……."

라즈반이 제자리에 놓였다. 그의 몸에는 영기의 그물망이
보였다. 얼기설기하지만 제대로 작용하는 속박이었다.

"아직 원인을 못 찾았어요. 깨어나지 않을 수도……."

간호사가 말했다.

"그냥 좀 보다 갈게요."

"그러시겠어요? 저는 다른 환자들 투약 때문에……."

간호사는 허둥지둥 인사를 하고 나갔다.

"민민!"

문이 닫기자 민민을 불러냈다. 민민은 기지개를 켜며 날아
올랐다.

"어때?"

"나쁜 영기가 있어요."

"그렇지?"

"난폭해요."

"내 생각도 그래."

"물리칠까요?"

"내가 할게. 넌 구경이나 해."

"좋아요."

민민은 창 쪽으로 물러섰다.

'이 학생을 둘러싼 영기……'

새로운 느낌이었다. 나른한 것 같지만 동시에 묵직하고 거친 영기. 그 영기가 사나운 기세를 라즈반의 정수리와 말단에 박아두었다. 깊이를 보니 분노의 결이 두터워 보였다.

'아무튼 일단 깨워봐야……'

문을 힐금 바라본 승우가 슬쩍 신력을 모으기 시작했다.

태을신장!

그 이글거리는 힘이 승우 몸에 서려왔다. 늘 그렇지만 승우는 파르르 경련했다. 신과의 합일, 그건 언제나 긴장의 연속이었다. 자칫 방심이라도 하면, 접신자 자신에게도 해가 될 수 있기 때문이었다.

'우웁!'

응결된 승우의 힘이 라즈반의 몸으로 날아갔다. 신력이 닿자 라즈반을 포박한 영기가 반항을 했다. 정수리는 미친 듯이 흔들리고 손발이 멋대로 허공에서 경련을 했다.

라즈반······.

뒤틀렸다.

기괴하게 꼬이고 꿈틀거렸다.

'읍!'

한 번 더 힘을 가하자 영기의 속박은 그제야 사라졌다. 그 신호인지 정수리에서 치직 김이 새어 나왔다.

"억!"

곧이어 라즈반 입에서 짧은 비명이 새어 나왔다.

"사악한 영기가 사라졌어요."

지켜보던 민민이 소리쳤다.

축 늘어진 라즈반의 몸에는 긴장이 없었다. 그 몸을 둘러싼 영기가 사라지자 그의 구마 도구에도 녹색빛이 아른거리기 시작했다. 주인을 따라 힘이 돌아오는 모양이었다.

"······!"

라즈반은, 잠시 후에 눈을 떴다. 그리고 용수철이 튕기듯 벌떡 상체를 세웠다.

"여긴?"

그가 주변을 살폈다. 그 역시 한국말이 나쁘지 않았다.

"무리하지 마라. 방금 악령을 쫓았으니까."

"당신··· 엑소시즘을 알아요?"

"방금 너에게 그걸 증명했잖아?"

"당신은 누구죠?"

"한국의 검사."

승우가 신분증을 보였다.

"에밀리에게 가봐야 해요."

라즈반은 비틀거리는 몸을 일으켜 세웠다.

"이미 늦었어."

"……!"

라즈반의 이마에 아뜩한 빛이 스쳐 갔다.

"죽었… 나요?"

맥없이 묻자 승우가 고개를 끄덕였다.

"이런!"

라즈반은 절망했다. 승우의 생각보다 많은 걸 알고 있는 게 분명했다.

"에밀리의 기숙사에서 구마의식을 한 게 너지?"

"예……"

"거기서 악령을 보았나?"

"거기는 아니고 의식을 끝내고 돌아갈 때요."

"자세히 말해봐."

승우는 창틀에 엉덩이를 걸쳤다.

"한국 경찰 중에 엑소시스트가 있는 줄은 몰랐어요."

"……"

"그런 줄 알았으면 당신을 찾아가라고 할걸…… 경찰을 만났는데 믿지 않길래……."

"……."

잠시 목소리를 가다듬은 라즈반이 설명을 시작했다.

에밀리!

루마니아에서 온 라즈반은 그녀와 친했다. 그래서 더 친해지고 싶었다. 그러다 금발의 자살 건에 대해 듣게 되었다. 두 번째 사건 후에 에밀리가 농담처럼 말했다.

"이거 악령의 짓인 거 같지 않아?"

순간, 라즈반은 두 가지 생각을 했다.

—에밀리와 친할 기회다.

—어쩌면 악령일 수도 있다.

둘 다 라즈반에게는 나쁠 게 없었다.

그의 피에는 구마사의 DNA가 있었다. 그의 할머니가 제대로 된 구마사였던 것. 물론 소질도 있었다. 초등학교 때 이미 집 앞 네거리의 악령을 몰아냈고 중학교 때는 교실에 떠도는 자살 여학생의 악령을 쫓아낸 경험자였다.

남학생의 방문이 허용된 날 에밀리 방을 찾아갔다. 그리고 바로 경악하고 말았다.

"그때 얼어붙는 줄 알았어요."

굉장한 악령이 느껴졌다. 흔적뿐이지만 피를 말리는 것 같왔다. 그 자리에서 바로 구마의 비방을 새겼다. 다 새기고 나니 몸은 땀으로 젖어 있었다.

'어떤 악령도 이 비방을 넘어오지는 못한단다.'

할머니 말을 떠올리며, 할머니가 알려준 비방을, 할머니가 남겨준 모양을 따라, 숭고하게 새겼다. 라즈반은 두 가지를 다 충족했다. 구마의 비방을 새기고 난 후에 그 비방들이 서로 연결되며 힘을 떨치는 걸 느낀 것이다.

힘의 방향은 당연히 출입문들이었다. 에밀리는 작은 위안을 느꼈지만, 라즈반은 달랐다. 방 안에 들어차는 신성한 힘… 그 힘이 느껴졌다. 잘 보이고 싶은 여자를 위해 사력을 다한 덕분이었다.

쪽!

그때 에밀리의 키스라 라즈반 이마에 작렬했다. 마음의 빗장이 풀린 에밀리. 게다가 룸메이트는 자리를 비킨 상황. 격렬하게 키스를 나누다 결국 그녀를 안고 침대로 넘어갔다.

순간, 라즈반은 온몸을 뜨끔 하는 무엇을 느꼈다. 깜짝 놀라 일어섰다. 이상하게도 방금 전에 새긴 구마의 비방이 하나씩 벗겨지고 있었다.

'이상하네?'

고개를 갸웃거리는 사이에 구마 비방이 하나하나 무너져 갔다.

오 마이 갓!

자르반의 본능이 몸서리를 쳤다. 이건 보통 악령이 아니었다. 준비를 제대로 하고 와서 다시 구마를 해야만 될 것 같았다.

"내일 와서 다시 봐줄게."

불안을 느낀 라즈반은 절호의 찬스를 살리지도 못하고 에밀리의 방을 나왔다.

"아마 악령이 결계를 깨고 들어왔었던 것 같아요. 그게 저를 따라 나왔어요."

집으로 오는 내내 라즈반은 몸이 무거웠다. 보이지 않는 무엇에 몸이 속박된 느낌이었다. 두려움과 공포감이 더해가자 라즈반은 뛰었다. 미치도록 뛰었다.

집으로 가야 했다. 거기에는 할머니가 알려준 더 많은 비방의 노트가 있었다. 그날 밤만은 미치도록 후회했다. 그것들을 미리 다 익혀두지 못한 것을.

어두운 골목을 돌아설 때 뭔가 굉장한 장벽이 라즈반을 가로막았다. 시커먼 덩어리였다. 손 쓸 사이도 없이 그 덩어리가 라즈반의 몸을 지나갔다.

"의식이 하나하나 해체되는 느낌이었어요."

라즈반의 몸이 부르르 떨었다. 몸의 세포가 아직도 한 알 한 알, 그 공포를 기억하는 모양이었다.

"이렇게 말했어요. 감히 내 일을 방해하지 말라고. 주제를 모르고 나댄 대가라고."

눈앞에서 소리 없는 벼락이 일었고 라즈반은 의식을 잃었다. 완전하게!

"검은 덩어리라고 했나?"

이야기를 들은 승우가 물었다.

"예. 검은 덩어리… 안개가 멋대로 뭉치고 뭉친 것 같은……."

"여자야, 남자야?"

"여자 같았어요."

"금발을 죽이는 이유 같은 건 듣지 못했나?"

"그런 말은 안 했어요."

"그렇군."

"……."

"푹 쉬어. 나머지 일은 내가 처리할 테니까."

"내가 얼마 동안 병실에 누워 있던 거죠?"

"한 5일……?"

"그럼 오늘이 목요일?"

"그래. 매주 금요일에 악령이 금발을 노렸으니 어쩌면 내일, 마지막 남은 마리앙을 노릴지도 몰라."

"아뇨, 그럼 오늘이에요."

라즈반이 소리쳤다.

"오늘? 세 금발은 매주 금요일에 희생당했어."

"알아요. 하지만 오늘이에요. 악령이 그랬거든요."

"……?"

"이번 금요일… 그러니까 내일은 자기 혼이 하늘로 가는 날이라고 했어요. 그래서 목요일에 마지막 의식을 치를 거라고… 저보고 영영 쉬라고……."

"사실이야?"

"분명이 그렇게 들었어요. 무너지는 제 의식에 대고 섬뜩하게 속삭였다고요!"

젠장!

창틀에서 내린 승우가 시계를 보았다. 자정을 넘었다. 금발들이 희생당한 그 시간이었다.

"이 형사, 이 형사!"

승우는 차도형을 통해 잠복을 지시한 형사의 전화번호를 미친 듯이 눌렀다.

ㅡ여보세요?

형사는 느긋하게 전화를 받았다.

"송 검사입니다. 마리앙 들어왔나요?"

ㅡ일찌감치 들어갔습니다. 아직 불도 켜져 있는 데… 웃?

"왜 그래요?"

―방금 불이 꺼졌습니다. 제 주변 가로등들도요.

"서둘러요. 빨리!"

승우는 소리와 함께 복도로 뛰었다. 다행히 문이 닫히는 엘리베이터에 올라탔다.

"당신 불교신자라고 했죠?"

엘리베이터 안에서 승우가 전화에 대고 물었다.

―그렇습니다만…….

형사가 대답했다. 그건 승우의 옵션이었다. 가급적이면 무속을 무시하지 않는 형사를 붙여놓으라고 했던 것이다.

"내 말 똑바로 들어요. 마리앙 방에 들어가면 귀신 같은 게 있을지도 모릅니다. 총은 절대 안 됩니다. 그러니 염주 같은 게 있으면 그거라도 휘둘러요, 알았습니까?"

승우는 차를 향해 폭주했다. 같은 시간 형사는 계단을 뛰어올랐다. 자정이 넘으면 기숙사 엘리베이터가 스톱하는 까닭이었다.

"이봐요, 당신 뭐예요?"

잠옷 차림의 사감이 뛰어나와 소리를 쳤다. 형사는 신분증을 던져주고 그대로 뛰었다. 계단참에 나와 몰래 담배를 피우던 두 여학생은 형사를 보고도 태연했다.

"……!"

마리앙의 방은 그대로 열려 있었다. 다만 분위기가 음습

했다.

안개…….

형사는 발목 밑에 깔린 연기를 보았다. 한 발을 내딛으니 풀썩 자지러졌다. 그런데 차갑다. 마치 얼음물을 밟은 기분. 돌연 등골이 오싹해 지면서 모공이 치솟았다. 본능적으로 권총을 만졌지만 승우의 말이 떠올랐다.

안 돼!

형사는 침착하게 방 안을 보았다. 안개는 낮았다. 좌우로 갈라져 놓인 두 개의 침대. 오른편 침대에 여자가 있었다.

속옷차림으로 늘어진 갈색머리의 여자. 마리앙의 룸메이트는 꿈속에 깊이 빠져 있었다. 그 왼편의 침대. 그 침대는 비었다. 형사는 조심스레 다가가 목욕실 문을 열었다.

'윽?'

고개를 들던 형사의 입에서 신음이 새어 나왔다. 거기 있었다.

마리앙……. 목욕실 천장에 속옷 차림으로 목을 맨 채. 방금 목을 맨 것인지 그녀는 목에 걸린 검은 밧줄을 잡고 몸부림을 치고 있었다.

"움직이지 마!"

형사가 뛰어들었다. 버둥거리면 밧줄이 더 조이기 때문이었다.

하지만!

투확!

마리앙의 몸에 손이 닿는 순간, 형사는 미지의 힘에 의해 속절없이 튕겨나고 말았다.

"......?"

일어서려 했지만 몸이 말을 듣지 않았다.

'권총보다 염주.'

승우의 말을 떠올린 형사는 목에 걸린 염주 목걸이를 떼어 흔들었다. 아주 잠깐 호흡이 편해지나 싶었지만 그것뿐이었다.

"끅끅!"

마리앙의 숨이 넘어가고 있었다. 그녀의 간절한 눈동자는 형사의 눈과 닿아 있었다.

살려줘.

살려줘.

마리앙의 손이 허공을 더듬었다. 형사는 사력을 다해 권총을 뽑았다. 그 순간, 승우가 방문을 박차고 뛰어들었다.

"멈춰요!"

몸을 날린 승우가 마리앙의 다리를 잡았다. 그 뒤로 민민이 들이닥쳤다. 여섯 흰 코끼리들을 몰아쳐 육망성의 신성한 빛을 뿌리며.

끼에에!

형사는 들었다. 영혼을 뒤트는 듯 오싹한 소리. 동시에 창문과 문들이 구겨질 듯 요동을 치며 고막을 찢으려 들었다.

"정신이 들면 이 여자 밧줄을 풀어요. 아니면 줄을 잘라주든지."

승우가 형사를 향해 소리쳤다.

비틀, 그제야 몸을 일으킨 형사가 욕조 귀퉁이를 밟고 서서 밧줄을 풀었다. 줄이 풀리자 여자의 무게감에 승우가 휘청거렸다.

"119 불러요. 빨리!"

마리앙을 떠맡긴 승우는 악령의 흔적을 향해 돌아섰다.

어둠 속에 엿보이는 어둠보다 더 검은 덩어리…… 연기인지 장막인지 분간이 가지 않았다. 그 주변에 서리는 붉은 기운…….

어쩌면 두 개의 영기처럼도 느껴지는 난해함. 결이 많아서 그런 걸까? 혹시 쌍둥이인가 싶을 정도로 헷갈렸다.

끼엣!

영기는 메아리 찢기는 소리를 내더니 목욕실의 문을 가로막아버렸다.

"검사님!"

마리앙을 부축해 나가던 형사가 주저앉았다. 사나운 영적

파장이 길을 막고 있었다. 엉클어지고 마구 왜곡된 영기······.
그건 통제불능의 공포라고 해도 지나치지 않았다.

"민민, 창문을 막아!"

승우가 소리치자 민민은 코끼리 떼를 몰아 출입구를 막아
버렸다.

끼에에!

그러자 검은 덩어리가 민민에게 달려들었다. 구경만 할 승
우는 아니었다. 신차를 이룬 승우의 몸에서 후끈 숭고함이 터
져나갔다.

"와아앗!"

끄에에······.

덩어리가 주춤거렸다.

"나가요, 어서!"

덩어리를 막아선 승우가 형사에게 말했다. 형사는 마리앙
을 질질 끌고 목욕실을 나갔다.

끼이에······.

흥분한 덩어리가 출렁거렸다. 검은 장막은 목욕탕 안을 다
채우고도 남았다. 가늘고 긴 줄기로 퍼졌다 줄어들기를 반복
하며 넘실거리는 덩어리의 위용. 오싹한 한기에 콧등에 얼음
이 맺혔다.

"헤이, 네 상대는 나야. 어린 민민 넘보지 말고 나한테 덤비

라고!"

끼에에.

승우는 검은 덩어리를 향해 두 팔을 흔들었다. 검은 장막
이 마침내, 승우를 향해 돌아섰다. 검은 나래를 펄럭거리며.

『빠라끌리또』 10권에 계속…

검자 新무협 판타지 소설
FANTASTIC ORIENTAL HEROES

목탁

해적으로 바다를 누비던 청년,
절해고도에 표류해… 절대고수를 만나다!

"목탁은 중생을 구제하는
좋은 이름일세."

더 이상 조무래기 해적은 없다!
거칠지만 다정하고, 가슴속 뜨거운 것을 품은

목탁의 호호탕탕 강호행에
무림이 요동친다!

Book Publishing CHUNGEORAM

사락함대 장편소설

FUSION FANTASTIC STORY

2016년 대한민국을 뒤흔들 거대한 폭풍이 온다!

『법보다 주먹!』

깡으로, 악으로 밤의 세계를 살아가던 박동철.
그는 어느 날 싱크홀에 빠진다.

정신을 차린 박동철의 시야에 들어온 건 고등학교 교실.
그리고 그에게 걸려온 의문의 ARS는 그를 새로운 인생으로 이끄는데……

빈익빈 부익부가 팽배한 세상, 썩어버린 세상을 타파하라!

법이 안 된다면 주먹으로!
대한민국을 뒤바꿀 검사 박동철의 전설이 시작된다!

Book Publishing CHUNGEORAM

유행이 아닌 자유추구 ~
WWW.chungeoram.com

FUSION FANTASTIC STORY

고고33 장편소설

세무사 차현호

대한민국의 돈, 그 중심에 서다!

『세무사 차현호』

우연찮게 기업 비리가 담긴 USB를 얻은 현호는
자동차 폭탄 테러를 당하게 되는데…….

그런 그에게 주어진 특별한 능력과 두 번째 삶.
하려면 확실하게, 후회 없이 살고 싶다!

"대한민국을 한번 흔들어보고 싶습니다."

대한민국의 돈과 권력의 정점에 선
세무사 차현호의 행보에 주목하라!

Book Publishing CHUNGEORAM

유행이 아닌 자유추구 -
WWW.chungeoram.com

연기의 신

FUSION FANTASTIC STORY

서산화 장편소설

GOD OF ACTING

PRODUCTION
DIRECTOR
CAMERA
DATE   SCENE   TAKE

무대, 영화, 방송…
모든 '연기'의 중심에 서다!

『연기의 신』

목소리를 잃고 마임 배우로 활동하던 이도원은
계획된 살인 사건에 휘말려 비참한 죽음을 맞이한다.
그런 그에게 주어진 특별한 기회, 타임 슬립.

"저는 당신의 가면 속 심연을 끌어내는 배우입니다."

이제 그의 연기가 관객을 지배한다!
20년 전으로 되돌아가 완전한 배우로서의
삶을 꿈꾸는 이도원의 일대기!

Book Publishing CHUNGEORAM

유행이 아닌 자유추구 -
WWW.chungeoram.com